Pasto verde

Parménides García Saldaña

Pasto verde

Colección Alarido:
rock y letras en el camino

García Saldaña, Parménides

Pasto verde / Parménides García Saldaña
México: Editores y Viceversa, 2015.
176 p.; 21cm

ISBN: 978-607-96976-1-7
ISBN de la colección: 978-607-96976-0-0

2. Literatura

Pasto verde / Parménides García Saldaña

Primera edición Editorial Diógenes, 1968.
Primera edición en Editores y Viceversa: 2015
D.R. © 1997, Edmundo García Saldaña
D.R. © 2015, Editores y Viceversa, S.A. de C.V.
H. Escuela Naval Militar 59, San Francisco Culhuacán
C.P. 04260, México, D.F.

ISBN: 978-607-96976-1-7

Diseño de portada: Karina Lee Lomelí Contreras
Cuidado editorial: Valentina Tolentino Sanjuan
Formación: Sinhué Bellescusa Mendieta

Prólogo

Hay existencias que consideramos cortas, fugacidad trágica, celeridad innecesaria; hay vidas que se asemejan a destellos, y es probable que el sentido de éstas sea la impetuosidad, de ahí su relativa fugacidad. La culminación es la muerte, pero a cambio de ello, algunas de esas vidas nos dejan un valioso legado.

Aunque Parménides García Saldaña no murió a los veintisiete –como los del Club[*]–, sino a los treinta y ocho años de edad y no fue precisamente músico –pero sí adorador del blues y del rock–, sí poseyó el vitalismo, la creatividad, la genialidad y más que eso: la capacidad de estar, como se suele decir, más adelantado que la sociedad en la que le tocó vivir.

Ya mucho se ha dicho respecto del parteaguas que significó Pasto verde para la literatura mexicana y que hoy apreciamos como icono de aquella transformación de la escritura nacional-paternalista hacia una más libre, estéticamente irreverente y demencial, que no por burlar a la gramática clásica prescindió de valor literario.

Si atendemos a que la literatura es la forma artística de retratar a una sociedad, esta novela nos arroja muchas claves,

* Se refiere al grupo de músicos famosos que murieron a los veintisiete años de una manera considerada fatalista y relacionada con las drogas, el alcohol y trágicos accidentes. Entre ellos se encuentran el guitarrista de blues Robert Jhonson; Brian Jones, fundador de los Rolling Stones; Jimi Hendrix, Janis Joplin, Jim Morrison, Kurt Cobain, Amy Winehouse.

se convierte en un prisma en donde cada cara tiene gran importancia y a la vez se relaciona con las demás para dar cuerpo a una pieza de grandes dimensiones para la cultura mexicana.

El lugar que acogió a Parménides García Saldaña –no así el medio literario nacional– fue la literatura; el primer lado del prisma: allí pudo estar consigo mismo, fuera del entorno que él consideró banal, pequeñoburgués y esnobista en el que se sumergía la naciente clase media de la Ciudad de México, ésta como sede de la modernidad.

Para nuestro autor, ese ambiente sumado a su conocimiento del inglés –lo ayudó mucho estudiar y deambular por temporadas en Estados Unidos– y un poco de otras lenguas, hizo que su acelere mental, su inconformidad, su gusto por el rock y su ímpetu creativo dieran vida a esta novela.

Mediante la literatura, Parménides le quitó la máscara a la sociedad mexicana urbana clasemediera –el otro lado del prisma– obstinada en imitar a la clase media gringa: automóviles último modelo, hombres en busca de mujercitas blancas y santas para tenerlas de esposas y así formar familias felices, la perpetuación de la propiedad privada, así como asegurarse un lugar cómodo en el statu quo, mientras el verdadero placer sexual lo encontraban con prostitutas. Las mujeres por su parte: movidas más por el prejuicio de llegar vírgenes al matrimonio para que sus esposos no "dijeran" y de algún modo asegurar con ello las casas, los viajes, las joyas y abrigos que sus maridos tendrían que darles por ser sus cónyuges y madres de sus sacrosantos vástagos…

Era demasiada asfixia para alguien como El Par.

Entretanto, la sexualidad y el género se encuentran como otro gran conflicto entreverado en esta obra. Es claro que Epicuro, el personaje principal de Pasto verde, cuestionaba ya los roles establecidos. Varias veces se pregunta por qué debía de perseguir un buen estatus económico y social para tener sexo con una mujer y de ahí por qué las relaciones sexuales se tenían que dar dentro del "convenenciero" matrimonio y si no era así, entonces con "putas".

Hay una crítica abierta al papel de la mujer, una burla a las pretensiones de aquellas jóvenes por aspirar a tener al marido que las mantenga, e ironía de sí mismo por preferir la soledad antes que participar en ese convencionalismo: así se mofa de Sadito, el galán de la medianía que le presume sus numerosas conquistas, aunque no con mujeres precisamente de convicciones espirituales o profesionales, sino superfluas.

Parménides no ataca explícitamente al machismo, pero sí critica abiertamente a la estructura social que oprime la búsqueda de la libertad, a lo que debemos que entonces Epicuro se sumerja en una que otra borrachera o viaje en benzedrinas y cante canciones de los Rolling Stones.

A más de cuatro décadas de ser escrita esta novela no podemos decir que se ha dejado por completo el tipo de sociedad allí descrito en cuanto a roles de género y sexualidad, pero claro que hay más apertura y cuestionamiento y un fuerte debate en torno de las ideas "tradicionales" y las "modernas" con que la juventud redefine sus identidades.

La actitud contracultural de un puñado de jóvenes es otro de los aspectos relevantes de Pasto verde. Hasta entonces –fines de los años sesenta del siglo pasado– México era demasiado square o cuadrado, como decía El Par. ¿Pasar de la niñez a la adultez, casi en automático?, ¿sin espacio ni tiempo para dejar salir a la hormona adolescente ni para contemplaciones existenciales? Mucho menos dejarse llevar por alaridos musicales: para los jóvenes, el camino era estudiar una carrera, casarse, tener hijos y ser la digna cabeza de familia. De vez en cuando salir a una cantina para escuchar a Agustín Lara o a Julio Jaramillo, es decir, pasar de ser niños a ser casi todos unos "dones" –o sea, señores–, sin escalas.

No había lugar para el rock ni para la raíz de éste: el blues. Quizás en su insistencia de dar cuenta en la literatura de la esencia libertaria del rock, el autor nos entrega en este delirio fragmentos de canciones en inglés, muy atinadas para desarrollar su catarsis, mostrada ésta como una mezcla de protesta, cambio epocal y humor sardónico.

Por eso este texto, al tiempo que retrata una época, un ambiente citadino aspiracionista, abre también un espacio para que la juventud pueda respirar. Los instrumentos con los que crea una literatura de vanguardia y al margen de los cánones literarios dominantes (el nacionalismo, los pro "revolufios", la solemnidad) fueron la música… y el marxismo, inquietud constante que diluyó no sólo en Pasto verde, sino en el resto de sus creaciones. Se trata de un manifiesto literario abierto en contra de la hipocresía social y hasta política.

Hilarante y delirante, hay aquí guiños hacia las influencias literarias del autor: Ahí tenemos a Kerouac, a Ginsberg, a Mailer, y quizás fue debido al halo de indiferencia hacia los convencionalismos que estos escritores dejaron en sus obras lo que Parme tomó y usó para gritar que había un mundo fuera de la banalidad. No obstante, no prescindió de sus ídolos de la literatura en lengua inglesa como Faulkner, Hemingway, F. Scott Fitzgerald, James Joyce, John Steinbeck, Edgar Allan Poe, entre otros pilares de la literatura anglosajona, y de las obras en lengua hispana con autores como Quevedo y Cortázar.

Encontramos entonces que, al abrir este nuevo espectro literario marcado por el desenfreno, la euforia y la rebeldía, Parménides García Saldaña no prescindió de disciplina y búsqueda de su propia técnica para escribir; por el contrario: hay una fuerte exigencia de sí mismo en su labor como escritor.

Pasto verde aportó a la literatura nacional la libertad, la esperanza de crecer bajo una nueva forma que no fuera la imitación de un modelo riguroso, estático, ni literario ni existencial, sino una forma de ser abierta, sin mayor preámbulo ni pretensión… ser y asirse en cada instante con el pasar de las horas, de los días, amar y ser amado sin convencionalismos, el grito de la juventud que deja eco en la literatura… fueron y siguen siendo las aportaciones de esta magnífica novela, pues ni la libertad en todas sus expresiones ni la juventud como identidad son una moda pasajera.

Valentina Tolentino Sanjuan

PRIMERA PARTE

Thegirlfromfrance está leyendo un poema de Rimbaud y Las Flores del Mal de Baudelaire y cuando le hablo por teléfono siempre me dice lea la Antología Económica de Silva Herzog

nena le digo deja ya las pendejadas a un lado si sabes hablar francés de todos modos no sirve para escribir bien digo si en el fondo no hay nada de nada sirven forma y estilo y hay veces que cuando me das consejos que yo estoy en el abismo me asomo a mi ventana y veo que de mi balcón una nena parecida a ti se va cayendo sabiendo que es la nada nena dejemos a un lado las pendejadas y aprendamos a vivir ¡Sabor ahí! Yeah!

Y en uno de mis acostumbrados sueños me ubico de la compañía grabadora de discos en una sala (of course que donde the singers graban las canciones). Veo a mi cuate Richard O tomando fotos como loco Angelina está cantando Going out of my head Wow! Pero veo que unos mariachis la están acompañando y me lleno de horror (o terror o qué) Bueno pues de mellenodeeso y con un Mágico transformo la cosa Un conjunto de rock la está acompañando y yo controlando la grabación (I'm Phil Spector, babe) Richard O le toma fotos a Angelina (ah oh oh oh esto ya lo hicieron Los Beatles que son del show biz oh oh oh me horrorizo plagiario plagiario oh oh oh) yo me veo de niño oyendo a Angelina cantar What a lucky man I am ¡qué cosas tan chistosísimas se me ocurren Dios mío Fuck, man ¡Qué imaginación! Oh oh oh luces sicodélicas sobre Angelina cambio a Angelina hablando en una estación de radio about the birds n' the bees (of course que cantando) y las Psicodelics Lucrecias cantando Otra vez Angelina en la sala de grabación cantando Going Out of my Head Corte

Las Lucrecias danzando modernamente frente al monumento a la revolufia Angelina grabando Going out of my head Richard O tomando fotos Yomerodio dirigiendo la grabación (I'm Phil Spector babe) Pepcoke Gin dirigiendo la orquesta Angelina muy inspirada la nena cantando Going out of my head Richard O tocando la guitarra

tomando fotos con su cámara alocada clic clic clic clic (alguien antes de minas usó estos ruidos oh oh oh camarita de mi vida camarita de mi corazón ¿me prestas tus ruiditos para esta canción? thanks thanks a lot babe imagínenme haciendo caravanas y con voz de cotorreo pero solemne ya perfecto sigo

Pepcoke Gin dirigiendo con mucha maestría la orquesta Las Lucrecias bailando en las escaleras del monumento a Obregón Angelina cantando Going out of my head en un teatro de revista cantando para una multitud de teens

Las Lucrecias (con su característico uniforme agogó) con carteles y mantas La Onda eres tú Angelina es la onda y LOSCUA-TESQUERUEDAN We Love You Queen Jane perdón Queen Mary Angelina We Love you Angelina

These things swinging in my head when I'm on the road when my love's far away n' I got nothin' really nothin' to do but try harder to know what is inside the mean if you really wanna know what i mean. Alright!

this time you must please me babe if you don't wanna one of my kicks i never use tricks babe never never never that's why now i've got heart of stone heart of stone babe that's why sometimes i wanna go out of my head babe very very stoned like every every every rolling stone babe but today on the road i'm swingin' babe digo cotorreando el punto en la onda del camino nena. A la gente que le haya parecido chocante o sangrón o pedante o falso o lo que sea mi anterior streamofconciousness en checoslovaco por favor échense gotas hay veces que su servilleta trata de ser original ¿no? digo uno puede tener sus corrientes de conciencia en el idioma que se le antoje yo prefiero mis corrientes cerebrales en checo o en hawaiano digo es agradecimiento a mis padres que me obligaron a estudiar ochenta idiomas pa'degrande ser culto (¿contentos papá y mamá?) en agradecimiento a los contribuyentes de mis cervatanas que me mandaron a estudiar a una universidad gabacha, gracias papi, gracias mami aclarada la onda sigo el parroteo

voy por elanilloperiférico borracho manejando coche del esposo the-girl-of-my-best-friend que viene en el asiento de atrás tronado de la onda briaga que trae, a mi lado viene el Barón, también hasta el gorro de alcohol, cálmate cálmate ¿qué te pasa? soy un chingón manejando soy el amo ¿No ves que soy el amo, el amo, el amo, eh? Manejo desde los cuatro años, en consecuencia no me estés chingando. Puedes chocar matarte nos podemos partir la que te conté, no me chingues y le meto el fierro el carro de the-boy-of-my-best-girl tiene placas oficiales o sea que los perros me la pelan voy hecho la madre manejando como jim clark does it like Rodríguez did voy a casa de Sofía además de borracho estoy pastillo. Mi cuerpo y mi cerebro están llenos de vino tinto —Barón me lo sugirió: el vino excita Epicuro brandy y bacardí y ciclones y benedictinas— o sea que ando en un ondón en un verdadero superondón. ¡Qué onda me cae! En realidad no sé qué ando haciendo por el periférico de pronto pero ahora me dirijo hecho la madre a casa de mi granamor Sofía. Digo la casa del esposo de Maryjane está en una colonia cercana a la de Chofis y voy a dejarlo con todo y su coche voy a entregarlo a su costilla

Llego a casa de Sofía El Barón baja conmigo Hacía años que no veía a Sinfonía porque cada vez que veía a su mamá me daba un ataque de histeria en fin Borracho-benedictino-y todo presiono el timbre la sirvienta la puerta abre entro seguido de Barón

A Sofía le da gusto verme siento la tensión de su mano sus ojos su voz Epicuro cómo has estado borracho ¿no ves? en la onda pasteando

—¿Por qué no habías venido?

—Perdido, perdido en el espacio. Me cambié a Niño Perdido y de allí aquí está muy lejos

(Borracho y todo soy muy lúcido: pertinente nota aclaratoria)

—¿Qué has hecho?

—Olvidándote. Olvidándote. Emborrachándome y vine a decirte que ya te olvidé que me vales madres por eso vine para decirte que te olvidé

Llega Nap (su pap) y me ve borracho y me dice

—Te veo cruzado delincuente mira nomás qué greña ya te volviste del otro lado de mi casa fuera degenerado

y veo a Eleonor Rigby (sofia's mother) escondida tras la pianola pues tiene miedo de que a los tres vaya a asesinarlos

y para que no me ponga violento Nap me dice Luego te enseño mi ensayo sobre la economía azteca pero vete ahora que andas borracho

y cuando de la casa salgo grito ¡Ya te olvidé, ya te olvidé, ya te olvidé Sofía y hoy por eso, por eso me empedé vete a la chingada! y me subo al coche volando para que su pap no me meta un balazo por haber a su hija insultado arranco hecho la raya soy una fiera manejando cálmate Epicuro nos vamos a partir la madre cálmate soy un chingón, soy el amo manejando, soy el amo, ¡el amo! llegamos a la casa del esposo de mi amiga toco el timbre y llueven botellas sobre el coche luego los gritos de la esposa de mi amigo lárgate desgraciado borracho, lárgate no quiero verte borracho más botellazos sobre el auto y arranco

¿Qué hacemos?, me interroga Barón. Pues seguir el pedo, qué nos queda. Mi amigo del asiento de atrás no se ha enterado de nada. Mr. Pedo le dio un madrazo que lo dejó out. Llegamos a Tijuana (tienda de abarrotes y chorizos y licores abierta las 69 hrs. del día para servir a usted, a la prostitución y al vicio ubicado fuera de la zona de control de las autoridades federales) y esculco los bolsillos del saco de mi amigo Mr. Pedo y le extraigo cien pesos regreso con una botella de ron y otra de vino Marqués de Sade y refrescos y subo al coche y quedo instalado al volante. En el coche que está de mi lado hay dos nenas a cien metros huelen a gringas les pinto un violín, me hacen mocos, no están tan out las gringuitas. Les hago mocos y me pintan un violín. Bajo

—¿Qué te pasa?

—¿What?

—Chinga a tu madre… what? como si no supieras hablar mexicano

—¿Why don't you both kiss my ass?

Una de ellas indignada baja y va a la taquería que está enfrente y regresa con dos gabachos

—¿What do you want shorty?

—Nada pendejo, nada

—Don't call me pendejo

—You're pendejo

—Don't call me like that… little bastard

son dos gringos de smoking, corbatita de moño y me alucino y uno de ellos es Ed Pirez, mi cuate medio rodante

—¿Why not?

—Because…

—¿Because what?

—I'm not pendejo

—Okey, you're pendejo in the middle of the shit…

—¡You're a little mexican bastard… Bean!

—Bean your fuckin' mother

El compañero de Alucinación Ed Pirez interviene y sarcásticamente me dice

—¿Why don't you kiss my ass, spick?

—¿Your ass?

—Yes, my ass —y se señala el culo con su dedo indicador

—You must be a phenomena. I'm pretty sure that you are that well you're American you can do ev'rythin' you wanna, you can do this like this, like to introduce in your hole an ass, I mean, how is the feelin'? Well baby bye-bye fuck your mother, mother fucker n 'fuck your blondes of shit…

—Pig! —dice Alucinación Ed Pirez…

—Kiss my eggs sotb (S.O.B.).

Sí es Ed Pirez pero como anda con gringas no me fuma, veo su carro Ford, la calcomanía en el parabrisas trasero Pedregal High School. Go Rats, Go. Placas de Tejas. Mi famoso cuate Ed Pirez adornándose con sus gringas de que es un cabrón…

—Ed, Eddy Pirez how you doin' over here? In Texas, I went to Mexico n' I saw the family in our town very close to Guana-juato (G.T.O.) all the family is workin' hard in las piscas cause' they're dreamin' to come over here to work in Golden Airlines like you and get a car like you n' a house the same as you got over here everybody in our fuckin' town is dreamin' to be like you Pirez ev'rybody Pirez How does my English sound? Man, you forgot to leave the huaraches, you're with smoking but not with bostonians you've got to hide your huaraches away man, you've got to hide your huaraches right now…

Los gringos y las gabachas están como imbéciles of course que desconcertados por mi alucinación. Regreso al móvil Barón bebe botado de la risa maneja tranquilo que la noche es larga hay que cotorrear la onda como ingleses

Anillo Periférico

—Vamos a ver a Broken Soul, cotorreamos y chupamos con él

—Hecho —me responde Barón y chupa y me pasa la pacha de ron

Hace años que no veo a Broken Soul, la última vez que lo divisé estaba pedísimo

Como ahora cuando le estoy diciendo que lea Fitzgerald que Tender is the Night es un libro chingonsísimo que admiro a Fitz que es mi ídolo que lo admiro porque siempre tuvo ganas de vivir. No sé, me siento Scott, me siento Francis Scott Fitzgerald escribiendo cuentos para que ella vea la ternura que hay dentro de mí y le digo a Broken que lea The Great Gatsby que yo me creo el Gran Gatsby que vea como Francis amaba la vida, creando siempre personajes llenos de vida, que el estilo viene de la vida… bebo de una botella de bacardí y le digo que el autor del Sexo Amortiguado es una bestia que los escritores defecantes siempre lo quieren cagar a uno que él ha escrito cuentos padrísimos le digo que es un escritor muy bueno que la literatura no es para uno es para los demás que la literatura es amor okey, okey el lugar común de la vida es el desamor ¿pero vamos a dejar que Moloch nos aplaste que nos pisotee vamos a perder la dignidad de artistas? ¿Vamos a dejar que nos pongan letreros de outsiders perdidos y vencidos? No, no, no, tenemos que aullar que gritar que aullar como Ginsberg como Norman Mailer como Kerouac como William Burroughs tenemos que aullar, aullar, aullar y como estoy eufórico pongo un disco de Los Beatles y sigo chupando y bailo como loquito solo al rato trueno, troc y al piso…

Despierto en mi cuarto de EL PESEBRE (lugar de los desamparados) El esposodemiamiga y el Barón están durmiendo encuentro las llaves del coche y voy por Howl a su casa compramos cervezas vamos a Chapultepec el día está asoleado en el radio 96 Lágrimas de Question Mark n' the Mysterians

—Howl, deja de andar con esa pinche anciana. Te está jodiendo, no te está dando nada, eres su instrumento. Howl, te está usando, te puedes ligar muchas nenas, puedes caerle a un chorro de nenas

—Todas son unas pendejas

—No Howl, puedes ligártelas, tener paciencia, enseñarles el amor

—A las pendejas no les enseñas nada, por eso son pendejas…

—Pero esta anciana te está jodiendo, te la vas a estar coge y coge y coge y coge, nunca la vas a satisfacer, por eso anda contigo, porque eres joven, al carajo, que se meta a un burdel, te está jodiendo, en serio…

—Me vale madre, las pendejas nada quieren, sólo sablearte, que tengas un coche de poca madre, los billetes. Si le caes a pie a una vieja suave ni te pela. Si esta vieja me da las nalgas me la cojo, cuando me enferme la mando al carajo. La única nena de poca madre que conozco es la esposa de Pepcoke Gin, es única, es un ángel, es una nena divina, no sé dónde la encontraría, esa nena no es de este país, tal vez se la trajo de la luna, aquí pura pinche vieja de cagada, a las viejas hay que agarrarlas a patadas, las que no cojan que chinguen a su madre, no pelarlas, pinches interesadas…

—Hay muchas como la esposa de Gin, las nenas están cambiando, tienen que cambiar…

—Pero mientras no cambien que chinguen a su madre… Tú eres un romántico de cagada…

—No creo… simplemente que no todas son putas…

—Me vale madres, que las estrellas… mis güevos…

—Pero deja a esta pinche anciana, digo, no dejes que las viejas te empleen de su máquina, no dejes, trata de ligarte a una nena, trata de acostarte con ella…

—Sí, claro, te dan las nalgas si les enseñas los billetes, entonces si te dan las nalgas y luego te engañan con un carita… Chinguen a su puta madre las interesadas…

—No todas son…

—Me vale madres… no voy a estar como pendejo a ver a qué hora llega mi nena…

—Va a llegar…

—Ya ya ya, me encabrona que hables, nada más estás de güevón habla y habla, ya ponte a escribir me cae que si yo tuviera lana te mantendría para que te dejaras de pendejadas y te pusieras a escribir…

—No te preocupes güey, ya voy a escribir y si no escribo, digo hoy vale madres, estamos cotorreando el punto, chupando…

—Pues sí, vale madres… ¿quieres una benedictina?

—Hecho

Me trago la benedictina, chupo y escucho a Howl

—Me cae que si yo tuviera lana te la daría, te encerraba en un cuarto y mocos, cabrón, a escribir el himno nacional…

—Voy a escribir, me cae, para que los cuates no se dejen comer por los fantasmas, los fantasmas se tragaron al Rey, fueron los fantasmas los que lo mataron, toda la pinche gente, toda esa gente que nos niega vivir, que nos está imponiendo sus pinches reglas pendejas, sus pinches traumas…

—Puta, me cae, es chingón vivir. Cuando le estaba dando respiración artificial a Ismael de boca a boca, no sé, sentí, es como si hubiese un espacio oscuro entre ti y algo y que si tú tratas de conocerlo es imposible, pero si estás viendo el espacio oscuro, sientes algo dentro de ti, sientes algo que es de poca madre…

—Pues sí es la onda

—Me cae que es de poca madre

—Por eso me gusta cotorrear contigo, porque siempre me estás diciendo algo

—Pues no, yo no digo nada, simplemente que tú y yo conocemos la cagada

—Pues sí. Todo es obvio

—Claro, todo es obvio. La cagada es la cagada

—Y hay que vivir, es un problema de… ¿salvación?

—Pues sí, uno no tiene por qué chingarse…

—Mira, güey, unas nenas en ese coche, se lanzaron…

Llegamos al Pesebre. Despertamos a Esposo y a Barón

—Epicuro, traime una botella de brandy. Puta, qué cruda, si no bebo un trago me muero

El Barón sale a la terraza. Howl va a comprar la botella. Elesposodemiamiga sale a la terraza. Qué cabrón, ya ni la chingas pinche Barón, qué madriza le pusiste, puta, ese cuate debe ser un masoquista, no sé cómo dejó que lo madrearas tanto, me cae, si no despierto, lo matas, me cae, cuando desperté puta, lo traías arrastrando de los pelos, lo estabas pateando y lo levantabas y lo agarrabas a madrazos y el cuate ése puta, si no te controlo lo matas. Ya ni la chingas, pero me cae, no sé cómo no se murió, lo pateabas, lo aventabas y luego a madrazos…

Llega Howl

—Órale aquí está la pacha

Elesposodemiamiga bebe. Le pasa la botella a Barón

—No tenía ganas de madrearlo, no quería madrearlo…

—Ya ni la chingas —dice Husband

—Pásame un trago Barón —le digo

Y en la noche estoy soñando: entran al cuarto los papás de mis cuates rodantes. Y se sientan a mi alrededor a tomar té. Puesdentrodepocotendremoselprimercontadoryelprimerarquitecto tantosacrificarnosporellos ellos más tarde entenderánnuestrosdesvelos pero yavecómosonlos jóvenes un poco locos cosas de la edad señora no hay que tratarlos a la antigua son otra generación uno les da todo y ya ve cómo pagan ya recapacitarán algún día algún día sabrán valorizar todos nuestros esfuerzos para que sean hombres de bien uno les da educación dinero yo al mío ya le prometí su valiant si entra a la universidad yalnuestrounviajeaeuropasisalebienesteañoyalnuestrolovamosa m a n d a r a e s p e c i a l i z a r s e a l o s e s t a - d o s u n i d o s c u a n d o a c a b e s u c a r r e r a yalnuestroleprometimosyalnuestroleprometimosyalnuestrole dimosyquebonitanoviatienemihijo sivieraquesevelamuchachita tandebuenafamiliabuenafamiliabuenafamiliabuenafamiliiia buenafamiliaaaaaa…

Y estoy en la nevería que está frente a la iglesia de la baticueva

Rocío ¿te acuerdas cuántas veces estuvimos aquí platicando about the birds and the bees? ¿cuántas cuántas veces tú diciéndome que Bob Dylan era lo máximo que habías escrito para el periódico de tu escuela un artículo sobre mi cuate Bob ¿te acuerdas? Yo especialista en Dylan te escuchaba te prometía que te dedicaría un cuento porque yo necesitaba una musa una protectora para mi carrera literaria porque escribía escribía como salvaje en las noches para soportar en las mañanas las frases que todos los días repetían mis papás todo el día durmiendo te levantas a las doce eres un golfo un haragán un parásito te largas a la calle y regresas a la una o dos de la mañana no estudias ya no te podemos aguantar así o te compones y estudias una carrera o haces tu vida mira nada más cómo andas vestido como pordiosero con esa melena de rebelde la gente ha de decir que no nos preocupamos por... sé igual a toda tu familia ten tu alcancía tu cuenta bancaria tu reloj de oro no te emborraches cómprate coche ya no seas vago estudia para abogado para que si no vives como escritor trabajes en un juzgado ya no seas malvado déjanos dormir no te vistas como albañil o estudias una carrera o de nosotros no sacarás nada dejaste la de economía que es de gran porvenir la patria necesita técnicos sé ordenado como tu hermano que ya gana dinero y se viste con ropa exclusiva modelo sé como la gente decente arréglate bien siempre peinado siempre rasurado para que tengas tu noviecita santa si no la gente no te va a querer anda derecho nunca agachado ya ves cómo es la gente siempre se fija en todo coopera para la economía de la casa papá de trabajar ya está cansado y yo: ya déjenme en paz please fíjense en otras cosas ¿qué les importa si no ando peinado y rasurado o bañado? yo sé lo que con mi persona hago. Pues para nosotros sólo eres un fracasado. Está bien, okey, yo no quiero ser ingeniero ni licenciado, mucho menos torero, ya ya ya, lo único que quiero es que me dejen vacilar sin ton ni son, y te buscaba Rocío porque admirabas a Bob Dylan como yo porque creía que tú sí me entendías pero preferiste la plaza de toros a mi libro nunca te negaré el saludo y cuando tengas algún problema sentimental háblame por teléfono yo estaré dispuesto a acostarme contigo para que veas que el sexo no es tan solemne después de todo porque la vida no es tan complicada cuida bien a tu hija y no la eduques como te educaron a ti y cuando aprenda a leer dale las obras de Lewis Carrol que te regalé cuando estaba enamorado de ti ahora te entiendo ahora me entiendo después de todo sigo siendo tu rey tu mero mero yo no te busqué por el sexo sino por tus ojos yo te pedía que te acostaras conmigo porque tenía ganas ganas de estar un momento contigo ojalá que seas feliz y que el torero gane mucho dinero y cuando leas este libro please acuérdate de mí como yo me estoy acordando de ti pero después de todo de nada sirven los recuerdos y dile al torero que te quiera como yo te quiero como tú me quisiste (this must be my farewell song to the trawberry girl que en cosas de amor siempre hace una enajenación… All right)

La gente fresa para comer pollo y pescado usa guantes blancos y para sacar del martini seco las aceitunas usa palillos de plástico y para abrir las portezuelas de sus lujosos extranjeros carros usa el meñique dedo y si te ve caminando pero sin andar trajeado te dice ¡ay Dios qué cosas se ven por estos suelos! La gente fresa cuando platica lo quiere hacer de mucho estilo pero en nada le quita que sea pura pinche gente analfabeta Pero entre los botones nena vamos a pasar la noche juntos (oh oh oh oh acabo de fusilar una frase de los Rolling Stones oh oh oh oh)

Y llego a casa y mi nena me está esperando para cenar. Cuando la puerta abro mi nena está oyendo una canción de Bob Dylan All I Really Want to do. Y me siento en el suelo pues estoy cansado de andar horas y horas on the road

—¿Ya leíste, gordo?

—¿Qué?

Como mi nena es muy comprensiva siempre recorta todas las noticias que en el periódico sobre mí se publican…

—Escucha: joven impertinente siembra el pánico dentro de nuestro máximo círculo intelectual…

—Yo sé quién es el de esa campaña. Ese pinche idiota del sexo amortiguado el saboteador de la revista Always a turd ese güey de Shit un día de estos le voy a partir la madre para que vea cómo aterrorizo a la gente de cagada estoy seguro que es ese pendejo que tiene un grupito de pendejos que a todas horas le están besando las nalgas. Sí, síi, Germán Broca o El Coito Amotinado. Pinche saboteador. Si yo fuera el director de ese pinche suplemento me valdría madres que el idiota ese publicara sus cuentos yo no soy nadie para decir que sus cuentos son buenos o malos yo no le negaría a la gente un cuento suyo no me importa yo simplemente no lo leo y ya pero ese pendejo anduvo saboteando a todo el mundo y un día de estos le voy a poner una bomba en el culo…

—Ay gordo, qué caso tiene que te enojes… Calmado, la cosa es calmada, ándele fúmese un alitas y ya olvídese de esas cosas que son puras idioteces… Mejor vamos a escuchar vamos a pasar la noche juntos con los Rolling Stones y a cotorrear el punto… ¿okey?

—Hecho nena, si no te tuviera a ti nena… Pero eres divina… siempre me ayudas a calmarme… Te quiero, Dalia

—Yo tambor gordo…

Let's spend the night together… Te necesito nena ahora Nena ven necesito tu amor esta noche nena Ven Pero Ya! ¿No has entendido qué quiero cuando te digo que estoy solo? This time i'm shakin' babe I've got the feelin' babe, vamos a acostarnos te necesito nena te necesito y soy Mick Jagger, entre los botones, cantándole a Dalia Marina Let's spend the night together, acompañado de mi conjunto de cuates que ruedan: Los Dientes Macizos. Dalia Marina está feliz viendo, bailando, palmoteando.

¡Ella es la onda! All right! ¡Sabor ahí mulatica! Cierro los ojos y veo a Mick Jagger en un teatro tras la cortina de hierro cantando let's spend the night together, las nenas socialistas gritando, los cuates gritando, batiendo palmas, los policías desconcertados, el partido redactando un documento sobre la música decadente de occidente, el ejército del pueblo desfilando ante el mausoleo de Power. A los hippies desfilando con sus cartelones en la calle Stalin Love Love Love We love you pigs We Love you Mr. President Dirty Feeling y luego estoy yo en la televisión mexicana cantando Satisfaction. Te lo vuelvo a repetir la onda soy yo, nena. Sabes lo que se me acaba de ocurrir nena, que la ciencia está imposibilitada para curarnos, la ciencia es números, la cabeza y el cuerpo son máquinas para la ciencia, para la ciencia actual el hombre es un engrane, porque la ciencia utiliza EL PODER para controlarnos, para idiotizarnos, nos toman como carburadores, los psicólogos son unos vividores del pendejismo humano, que te digan la verdad, que te digan que tienes que vivir sin prejuicios, que no frustres tu vida sexual nena, que hacer el amor es algo simple, que la época de hacer el amor llega y no hay por qué tener miedo, tienes que ser sincera contigo misma nena, darte, sin esperar nada, eso es el respeto, dar sin esperar nada a cambio, el amor está en ti nena, está en ti, no lo escondas nena, no lo escondas, no te traumes, no te frustres, ama, ama, ama… El amor es la base, el amor se siente nena, está dentro de ti, vibrando, vibrando…

Y estoy viendo a Humpert Trumpet hablando del amor a Lolita Sofisticada la está atrayendo con su madurez con su greña llena de conceptos about the birds n' the bees le está diciendo que él es el único que habla el lenguaje del amor que toda su vida se la ha pasado descifrando El libro del buen amor Que los pájaros y las abejas a él sólo sus secretos han dado but me realmente me enojo me paro de la silla donde estoy sentado y le pico un ojo ya déjese de mamadas —le digo— es mejor que les diga oye nena me gustas a andar con tantos rodeos

Y voy por la calle Platón y enciendo un Alas y al rato dilucido: cada quien se acuesta a las mujeres como quiere, después de todo es su vida, no cabe duda que me está mostrando que aunque está anciano, todavía está vivito y coleando, como un bull peleando, no cabe duda que qué ondón traigo ¡Sabor ahí! Far out!

en realidad no sé qué pensar sobre hacer el amor digo porque hay gente que dice hacer el amor es lo máximo y esa gente nada más vive pensando en hacer el amor y en hacer y hacer el amor digo ¿esa gente piensa? digo porque hay que usar la cabeza hasta para hacer el amor se necesita pensar yo no creo que Eros means love porque por ejemplo ahorita que estoy escribiendo me veo posesionado por Eros ¡Oh Oh Oh Eros, Eros, Eros, Eros en Cueros, todos en Cueros! Yo nada más no me inscribiría en un campo nudista. ¿Qué? ¿QUÉ? Eroooos Oh Ah Eros soy tu SIERVO AL DESNUDO Encolerizado te seguiré encolerizado hallaré tu vello pubiano peces peces peces diapasones tortugas hambrientas cabras masturbadas ciervos cabríos Instinto Vital generado por los recuerdos de Xochiquetzal Coatlicue Diosa vernácula de burros andantes que despacio escalan montañas donde el silencio es mi cólera abierta a tus pechos globos circundantes a tus muslos ¡Muslos a Muslos! ¡Delirio de corrientes espermatozoicas! ¡Delirio de sociedades anónimas sobre tu ombligo! Montaña salida cerro. ¡Tus dientes marfilineos! ¡Tus ojos cayucos! ¡Tus dientes lanchas! Ah ah tus pechos arrobas en la mano ingenua del provinciano Marqués de Oaxaca Solsticio detenido Pasajero tren de noche y día Equinoccio marsupial rendida a Tezcatlipoca Xóchitl Néctar serenado apagadora de mi fuego lento lento desorbitado calmado inodoro siempre un sol sol en llamas llameantes en llamas ecuatoriales machupichianas campanas sórdidas ocultas en el agua en el elemento en el principio

y cuando el espíritu de Eros se va a otra parte a mí francamente me deja nocaut, digo, francamente se necesita mucho
aguante ¿no?

y estoy viendo un partido de fut: aztecas VS spaniards, Indios
patarrajada odiando gente blanca acaudalada odiando indios
patarrajada ¿qué pacha paisanos? ¿cuál es la onda en este
pueblote?

y como soy un destrampado después de mis corrientes de
conciencia me vuelvo insano y chasqueo los dedos y aparece
mi amiga Sexishotashell bailando adecuadamente ataviada
el bolero de Ravel. Yo le ordeno el show, le digo qué prenda
debe quitarse, frunce el hocico, y luego vibra los pechos, así de
controlada la tengo, así de controlada tengo a Sex-is-hot-as-hell
que he mace shows gratis cada vez que calentarmequiero pues
para ella el sexohohohesdivinoohoh y prendo un Alas y vuelo
hasta caer dentro del coche de Howl que por el periférico va

cuando me ve pues ya está acostumbrada a mis apariciones
dice

—¿Qué pacha?

—Nada…

—¿Traes?

—Algodóon

—Perfecto…

las luces eléctricas se van expandiendo poco a poco al rato
la ciudad entera entra bajo las luces fosforescentes blancuzcas
amarillosas olor a nafta

después de darse un toque Howl muy cool empieza a
parlotear

—Todo es cambio lo que hiciste ayer está ahí es diferente a lo
que hiciste hace una hora hace un segundo ya no cuenta para
este momento así es la onda ésta es la onda por eso me gusta
beber embriagarme hasta morir para ver las cosas distintas ver
algo otra onda. Todo tiene un sentido es como la línea recta y
tienes que conocer la curva la gente le da vueltas a las cosas

porque desconoce el sentido de la recta pero la gente no siente el cambio Epicuro no han entendido lo que es estar y no estar unos llaman a la pendejada decencia otros costumbre y a uno lo llaman degenerado Sade escribía sobre lo que vivió y la gente llena de fórmulas lo critica Decencia es honestidad con uno mismo la rosa es la rosa y lo blanco lo blanco y lo negro lo negro ¿tú has afectado a alguien en su vida? ¿has engañado a alguien? El problema es engañar a la gente si le engañas estás jugando con fuego pero a la mayoría le gusta que la engañen porque la mayoría es gente idiota que complica la vida las nacas de cagada quieren que las engañes para que te den las nalgas quieren que les digas te lo juro que me caso contigo qué ¿para coger tiene uno que casarse tiene uno que ir a burdeles? En esta vida nada es fracaso porque todo sigue la onda de las nenas es donde buscarlas no vas a ir a un convento a buscar a una puta…

—Pues sí

—Te vale madres cogerte a una monja al menos que seas un parafílico…

y de pronto estoy en otro lado ¿qué hago aquí? me interrogo yo en el coche de Howl iba volando y ahora estoy entre la gente que gusta del trago en una cantina de alguna colonia muy herida por la frívola vida y el cantinero cual casi todos —prieto, chaparro, cabello de tapuja y cual yo: enano— me pregunta:

—¿Qué se toma joven si no es bolero pepenador militar cura o ratero, of course que si trai cartilla que demuestre que puede chupar por haber ya cumplido los veintiún por el código…?

—Deme ajenjo

—Ajenjo ¿ajenjo? ¿what is that shit man?

—Una bebida que no es tan hedionda, digo, que sólo bebemos los cuates de la onda cuando nos sentimos fatigados. Si no tiene lo que le estoy indicando de menos deme un vinillo tinto

—Okey, Santo Tomás pa'l joven…

—No, nop, mejor deme un Marqués de Sarre, de los vinos pruébelo usted, es el más exitoso…

—Un Sádico pa'l joven

Y cuando estoy cotorreando mi Marqués, primero un trago largo y luego uno corto, volteo a un lado y veo a un tío mío ahí parado. Le doy varias palmaditas en la espalda

—Hola tión… Y sin voltear a verme

—¡Ora cabrón que trai!

—Compórtese a la altura tío ¿no ve que su sobrino soy? Epicuro Aristipo Quevedo Galdós del Valle Inclán, Duque de Tecalitlán fundador de la filosofía a mí en la vida el tipo cuadrado madres me vale…

—Bravo, bravo sobrino, estoy de tu lado porque yo también soy bohemio… si yo te contara sobrino…

—Pues no se me achicopale que pa' eso he venido…

y en la voz de la sinfonola un trío canta un vals de moda

En las noches como ésta la tuve entre mis brazos.
Le besé tantas veces bajo el cielo infinito.
Ella me quiso, a veces yo también la quería
Cómo no haber amado sus grandes ojos fijos

—Pues sí Epicuro yo tuve así de mujeres así manojos cuando era la tercera voz de ese trío que en la sinfonola escuchas sobrino pero infidelidad llevas nombre de mujer recuerda sobrino yo a las del cabaré les hacía versos como un rayito de luna me imagino tu cara como un pedazo de raya y clarines las de la airosa vida se me arrojaban a las patas recuerdo una sobrino que me trajo Lorenzo pero la ingrata me engañó en el cuarto de mi hotel barato que yo por ella con nardos tenía adornado y perfumado sobrino con nardos y ella me rompió la madre con los dardos de su traición brindemos por ellas que nos sacan las centellas y luego nos dejan encuerados con las botellas salud salud sobrino que cuando hacen falta mujeres lo mejor es el vino tintillo pues cuando encontré a la airada en mi cuarto le dije todo te perdono menos que me veas la cara de inodoro y pum pas tras al padrote tiendo en el lodo y luego a ella golpeo en premio a su engañosa conducta pero así es la vida sobrino para uno que no quiso vivir cual pueblerino y recuerda siempre esto sobrino como joden el alma las mujeres airadas lo mismo que las heladas…

—Pero qué quieres tío así es esto de la farándula —respondo con mucha brillantez…

De otro. Será de otro. Como antes de mis pesos.
Su voz, su cuerpo claro. Sus ojos infinitos.
Ya no la quiero, es cierto, pero tal vez la quiero.
Es tan corto el amor, y es tan largo el olvido.

—Sobrino pero yo a mi amante la quería como un hombre ama a una hembra pero las mujeres son como las copas vacías que en ellas pusimos un poco de néctar en esta vida si eres un romántico empedernido te lleva la chingada sobrino recuerda este consejo que te dice tu tío que fue tercera voz de un trío en los tiempos heroicos de vino mujeres y al tiro… pues de tantas mujeres que tuve ya se me fue la onda de lo que mi tío me estaba contando

Porque en noches como ésta la tuve entre mis brazos,
mi alma no se contenta con haberla perdido

y la voz de la sinfonola se va apagando ¿Qué hago parado frente a este espejo y parecido a John Barrymore? Estoy en el camerino de mi pueblo Villa Tierrosilla y salgo a escena en compañía de los otros dos que componen conmigo el trío

hoy majestuosa mujer
consentida te vengo
a cantar porque
siento mucho frío

mujer divina que hueles a fragancia de flor de calabaza y taquitos de panza mujer arrobo yo sin ti no soy nada y te entrego mi vida anonadada mujer fatal y adorada y a tu cuerpo vivo esclavizado por tarado y yo mujer adorada te entregué mi alma amada y me la dejaste absolutamente defecada oh mujer idolatrada tu cuerpo en flor me tiene desharrapado y lloro cual niño que extravió su cantimplora mujer secretosa mustia enigmaticosa idooolatrada la gente tierrosana que el Teatro Terroso abarrota me aplaude delirante, no cabe duda que de la canción romántica soy el amo. Otra. Otra. Calmados compañeros y vosotras flores campestres. Oh oh mi alma vibra pues siento la entrega de las romantierrosillas en su aplauso y me conmuevo. Me siento inspirado y con otra de mis composiciones me arranco Altiva mujer que aunque tu desdén me achicopala caigo otra vez a tus pies porque sin ti no soy nada más bien soy esa cosa que la gente no traga Majestuosa hembra adornada de perfumes y gardenias cual para ti merecido es Mujer eres mi rubí mi escarlata mi concha y mi pambazo la flor que en mi insignificante vida crece toda te la entrego a ti que eres el humus consentido de mi desgraciado corazón amargado de llanto por las penas de no tener tu amor de noooooooooo teeeeeneeeeeer tu amor…

¡Bravo, bravo, bravo! Grita el público extasiado. Las mujeres casi lloran, los hombres sacan la pacha y se echan un chinguiri. ¡Bravo, bravo Epicuro primera voz del Trío Tierroso! La luneta está llena de gente acomodada que casi no habla ni aplaude ni nada, una que otra ricachona se me lanza con los de mirar y en los palcos y las plateas los dueños y los empleados favoritos de las fábricas de cerveza y paños, y en el gallinero mi querido y amado pueblo jarochoguapachoso. Gracias, gracias queridos paisanos, ahora querido respetable mamado publicacho mi última canción en noches como ésta la tuve entre mis brazos mi amor no se conforma con haberla perdido ya no la quiero es cierto pero tal vez la quiero porque es tan corto el amor y es tan largo el olvido ¡Qué romántico, qué romántico!

y después de mi apoteótico show me voy a un bule a ver a mi amada Rosita Airada. En la sala principal un mural: una mujer dormida y un hombre de penacho y taparrabo hincado de perfil, atrás dos volcanes medios nevados, cielo azul, nubes y aves. En la sinfonola chacha mi chacha linda cómo te quiero cómo te adoro linda tacha obreros y catrines bailando con las pirujas

—Quihubo mi rey —me dice la mamá de las muchachas— Orita viene Airada, está ocupada en gajes del oficio. ¿Dónde andabas mi rey?

—Girando por la Huasteca

Farolito que alumbras mi vida

canta ahora una muchacha, oh oh oh. Qué bella es parece una flor acuática y la nena su mirada me lanza. ¿Sabrá quién soy? ¿O nada más lo hace porque soy un caraza? Oh Oh Oh. Será mejor castigarla y mi mirada cool la paraliza. Pero en eso llega mi querida miliciana

—¿Qué crees que soy tu juguete pa' que me veas cuando se te viene en gana?

—Azótate con la lana y sume esa panza y quítate de mi vera que en los ojos se te nota que andas cruzana. Quítate si no quieres que públicamente el rostro te abofetee

y camino hacia la nena que está cantando y le digo:

Nena cantas divino y me siento al piano y empiezo los acordes de mi canción favorita Mujer...

y cuando acabo le digo: No te preocupes nena yo de este duro oficio te saco, toma tu saco y acompáñame a mi hotel a que te platique la historia de los pájaros y las abejas y los árboles arreboles y las flores que sustituyen los dolores de esta vida airada Dalia Marina

Y mi ex colérica se lanza a desgarrarla y le doy una patada y le digo:

—Largo de aquí Aventurera, búscate otro mantenuto que yo no soy tan bruto… Pero ellos ya no importan nena, ellos ya están out, ellos ya hicieron su vida fresa, su mundo de extravagancia y cosas superfluas, para mí esa gente chaparra no vale nada, esa gente está muerta nena, esa gente está ciega nena y yo nena no voy a vivir como ellos, yo prefiero ser un hip, tomar la vida cool y de vez en cuando swingin' un rato, en esta tierra de camaleones hay que ser como el cangrejo el conejo y el venado y hay que estar siempre en onda ready ready to fade into my own parade babe

no reniegues nena no les faltes al respeto sólo que tú no tienes por qué esconderme tu amor no seas instrumento de nadie de nadie babe deja que tu mona mamá se incruste todos los anillos y todos los collares que quiera deja que ella los ostente

yo lo único que he aprendido en el camino es que todo es relativo

es lo único que te puedo decir en serio

si Cristo no pudo cambiar al mundo menos lo voy a cambiar yo

por eso nena estoy ahora metido de camionero viajando por todo el país para ver si de veras vivimos como en parís

aquí estoy escribiendo esto y no un libro de texto aquí estoy viviendo un día más No de veras que no sé qué voy a hacer mañana No sé qué vas a hacer tú nena te vas a levantar temprano y vas a ir a la escuela y vas a estar todo el día aburrida o vas a ir a la oficina y vas a esperar que las horas pasen y pasen para regresar a tu casa y estar aburrida

pero nena ya no hay que confundir los colores

sé donde está el blanco en este Paraísodelanada y trataré diario de ser como no fui ayer y trataré de no ser como los demás y por eso hoy uso lentes oscuros nada más para distinguirme y por eso uso botas de cuero con barro para no olvidarme del camino andado y por eso escucho discos de los Rolling Stones y los Beatles para no confundirme con la gente fresa y para no confundirme con la gente cuadrada uso la melena abultada y nena recuerda que de tu situación tus papás no tienen la culpa de nada nada más que tú debes de saber quién decide tu vida si la estulticia o la calma si el nuevo bravo mundo o la decadencia yo no soy del pri porque las instituciones me enferman

me enferma no sentirme libre y en la vida nena hay que ser libres libres como el viento libres como los pájaros y las abejas como los árboles y las flores

las instituciones asesinaron a Cristo nena

que predicaba el bien el amor el cielo la vida

y los estoy viendo a ustedes banqueros comerciantes licenciados en derecho militares pelusarios los estoy viendo crucificando a Cristo

¡Los estoy viendo a ustedes bastardos ustedes los dignos representantes de las instituciones!

ustedes los dueños de las joyas y los edificios ustedes los señores directores de las oficinas públicas ustedes césares albañiles del odio dueños de las vidas ajenas

lo bueno es que yo nunca me he creído un perro faldero lo bueno es que yo nunca he seguido modelos yo me he instruido he leído libros extranjeros ajenos a su idiosincrasia o idiotagracia pero no se espanten chaparroburgueses yo sólo sé leer en inglés y todo lo que estoy diciendo lo leí en las obras de Shakespeare y también en la vida del Buscón de Quevedo yo más que mexicano debo ser un charro francés y desde entonces ando en el camino regalando Howl que es un poema de Allen Ginsberg!

y lo más seguro es que mañana no me importe porque mañana es otro día un día nuevo y no sé si haré otra cosa porque en primera y en segunda y en tercera no sé a qué hora voy a levantarme porque no uso reloj despertador para no atrofiarme los oídos

Recuerden hijos míos que cuando se vive en las tinieblas se le quiere arrojar piedras a cualquiera y hay veces que a uno mismo pero esto cuando menos es más honesto. But ¿para qué arrojar piedras? ¿Para qué? No tiene caso sería participar en el juego. Y cuando uno juega termina confundido porque la gente que juega no piensa y la que piensa llena la vida de reglas y es muy fácil demostrar esto le da uno una palmada a alguien y de pronto esa gente se queda empty y a mitad del camino desaparece La onda es hacer lo que uno quiera y punto y ya ¿No crees Rusa Negra?

y es una fiesta hawaiana en una de esas gigantes casas que hay en el Terregal hallo a mi cuatita del alma —ella también en la vida ha sido una piedra rodante— Lisa Continente cachondísima aspirante a escalar los peldaños del Cine Nacional —Ella es preciosísima y de cuerpo está

¡Enterísima! Es el comentario general entre los cuates de la Colonia Medianía

no le sobra ni le falta nada simplemente es Afrodita Revisitada viviendo en Diógenes 69 esquina con Avenida División del Norte

Ella conmigo siempre es a todo dar pues siempre conmigo platica y cuando le cuento un chiste cruel de la risa bota como hoy que con un galán sacado del zoológico está —desos que se creen EL BRILLANTE SUPERMAN algo así como nuestro Elvis Presley nacional— acompañada y yo en mi euforia alcohólica le digo ¡Hola Continentosilla tú siempre igual de buena y sabrosa sigues por esta vida ladilla y yo ya ves aquí aspirando a ser tu amante más enajenado cuando estás con ese baboso que se cree black shadow pero de anyway ese cuerpo dorado yo lo puedo hacer vibrar pues para cosas de sexo que sé algunos excesos como morder suavemente los pezones y luego esas regiones transparentes que alocan a los hijos del aire o sea la gente que habita este lugar del Valle pero como para mí Lisi eres una princesita prefiero darte un beso de trompita y una acariciadita en esa carita!

Lisa es simplemente única es bellísima bellísima de niña era una niña precoz que siempre se iba de pinta y en las fiestas de estúpidas fresas siempre se volaba los abrigos y de las señoras pintarrajeadas siempre se burlaba porque Lisi siempre bailaba conmigo de cachetito y las ancianas de shit decían ¿ya viste a esa descarada? Y porque desde teenager fue bien rebelde por eso la adoro un chorro porque ahora cuando por el sexo la buscan todos conmigo platica de toros de la última corrida que en el coso del Pitorreo di donde a ella un toro le brindé claro que con su presencia bastó para esa tarde triunfar a pasto —cada vez que esta palabra escribo palabra de honor que me alucino— y cortar orejas patas y rabo y dejar al amadísimo aullando pues cuando me eché —no es albur sino una palabreja que sustituye a maté— al astado subí al tendido y salí con Lisi Continental del brazo el respetable aullando yo imaginando la deliciosa noche a su lado pues aunque esto enano de tenorio tengo algo pues es mejor pensar en pasar la noche con una nena como Ella a exitosa tarde de bestias negras y bragadas ¡Sabor ahí!

y estoy acostado en el catre que tengo en mi cuarto del pedestal viendo extasiado una tarántula que del techo baja hacia mi nariz poco a poco y oigo que alguien en la puerta hace toc toc

—Avanti —digo pues siempre me gusta presumir mis conocimientos lingüísticos. El que tocó empuja la puerta es Sadito

—Hola Epicuro

Sabiendo que sus pinches vibraciones no tolero no sé qué viene a hacer este güey a mi modesto cuarto budista digo siempre es así muy calmado y muy amable pero es un cerdo el desgraciado que está lleno de veneno y a quien puede corrompe porque él tiene un complejo de naco de venir directamente de la clase de los aztecas tlamemes. Dice a todos los rodantes que yo siempre lo agredo pues públicamente le digo: pásame a una de tus tantas mujeres prieto, me cae que quisiera ser igual de don juan que tú, así de cabrón y chingón y macho como tú con las mujeres eres. Miguel Páramo Revisitado aquí en Nacolandia me cae de madre que quisiera ser con las mujeres tan hijo de la chingada como tú eres chingo a mi madre que sí (oh oh oh oh me acaba de salir mi The Catcher in the Rye Complex) así de Casanova Blackie él se encabrona por todas estas cosas que le digo y estoy seguro que matarme o echarme a los de la judicial quiere —pues él es un hijo de una gente muy influyente y que con el dinero todas las puede— pero ¿ustedes si vieran a Cristo le pegarían? En fin esto fue una dilucidación que me sacó del tono de la canción

—¿Qué haces? —me pregunta con su cara de mustio

—De güevón

—Sí Epicuro. Venía a invitarte a cenar, pensé que no habías cenado

—No no he cenado porque me lo prohíben las reglas de mi religión, pero como llevo tres días de ayuno y vigilia es mejor echarme un taco a morirme con la panza vacía… Let's go

—Me voy a casar —me empieza a decir en su coche Toronado vamos por la Avenida de los Insurgentes— con Estúpida 6996 un hombre no puede vivir sin una mujer ¿no crees Epicuro?

Claro, claro, Sadito viene a burlarse de milanesas sabe que estoy solo como el tío Lolo y que no tengo a nadie que me quiera a mí sabe que estoy viviendo de la pública caridad de mis rodantes y él a vengarse viene okey Sadito perfecto dontcha worry don't worry piel oscura

—Pues es buena onda ¿no? Muy buena onda si yo tuviera una gorda me casaba

—Pues sí Epicuro mi novia me quiere mucho me adora. Está enamoradísima de mí. Y yo la quiero mucho. Es un ondón que una gorda te quiera ¿no crees Epicuro?

—Pues sí, ¿no?

—No te peleas con nadie tienes todo en tu casa todo te sale bien ¿no crees Epicuro?

—Oye acelera que tengo mucha hambre…

—Cómo no Epicuro…

El locutor anuncia Running Bear. Y empiezo a cantar pupapupapupapupa Pluma negra es un marrano condenado que habita esta ciudad a todas las nenas mensas las ha tratado mal pupapupapupapupa pero Pluma negra está acomplejado porque aquí es gente de color y de una tiende del otro lado lo corrieron por prietón pupapupapupapupa

—¿Estás cantando ésa por mí?

—No es una canción folk que aprendí del otro lado y hoy que en el radio oso corredor van tocando yo la letra de la canción folk voy traduciendo… pero no te fijes siempre que me las trueno me pasa esto hablo y hablo y hablo y después no me acuerdo de todo lo que digo no te fijes es mi onda…

—Y mi papá de regalo de boda me va a dar 50,000 pesos ¿qué te parece Epicuro?

—Es buena onda ¿no? Tus papás siempre te han querido mucho es bueno que todos los padres quieran así a sus hijos lo máximo sería que todos los padres pudieran darles a sus hijos de regalo de boda 50,000 pesos como a ti pero no todos los padres son tan afortunados como el tuyo no todos los padres pueden comprar un Toronado como el tuyo y darles a sus hijos cien pesos diarios si yo fuera mujer te lo juro que me casaba contigo yo nada más no te despreciaría ya me imagino La señora de Sadi, ¿eh? güera y toda la cosa, ¿eh? Te lo juro que si yo fuera mujer sería putísima sería la golfa número uno de México y me casaba contigo o de menos sería tu amante te daba las nalgas para que me compraras abrigos de ostión anillos de cuero chiapaneco y calzones de seda color cherry ¿te imaginas yo dándote las nalgas con una pantaleta Lovable Cherry te imaginas qué ondón? Ya ya me estoy alucinando pareces azteca tlameme azteca de la cabeza de está saliendo un penacho…

—Oye siempre ves cosas raras yo nunca he podido ver cosas raras como tú…

—Hush hush y ahora te estás transformando en el hombre lobo… en serio… el hombre lobo… ar arg arg arg arg

me estoy asfixiando me caigo del asiento Y estoy dentro de Sadito Luna llena arg arg babeo soy el hombre lobo manejando Toronado Dorado noche violenta veo tres ninfetas (adivino sus respectivas edades —9-10-11 años— pues a pesar de estar alucinado soy muy buen contador y en su defecto calculador) que por una calle oscura van caminando la luz de los fanales las descubre: minifalda blusa blanca muy wow las nenas freno Arg arg arg Bajo Las ninfetas piden auxilio papi mami alguien que venga a salvarnos de las garras del lobo Arg Arg Arg Les rasgo la ropa sus caperucitas rojas Arg Arg…

Sadito muy derecho está al filo de la banqueta ligando con unas ninfetas

—… Digo si no desconfían de mí las llevo mi insignificante Toronado tiene autoestéreo…

Las ninfetas se hacen de rogar sonríen besan el coche…

—Qué vas a pensar de nosotras… No sé tú qué dices mana… No pues di tú…

Oh Gosh! Oh Gosh! Oh Fuck!

—¡Chinguen a su puta madre escuinclas apretadas! —les digo Vamos hacia una taquería Sadito viene encabronado

—Carajo estaba a punto de subírmelas y sales tú con tu mamada

—Es que tengo complejos de puto y cada vez que veo a una ninfeta me aterrorizo Sadito pero para que no esté enojadito cuéntame de cuando te cogiste a Susana ¿ya practicaste el 69?

Y como Sadito está encabronado no me hace caso. Alright!

Okey nena, tienes anillos de esmeraldas, sombreros de piel de lagarto, tienes coche, tienes casa de uno… dos… tres… pisos… te confiesas los sábados, le cuentas al cura todos los pecados mortales que cometiste en la semana Pero de veras ¿de veras eres muy sana, nena? Eso aparentas ser Una nena muy sana Vas a la escuela de las madres del sagrado NOFUCKINCAUSEGODISGOINGTOSENDYOUTOHELL

it's better to be like me or you've got to give yourself till you've got your insurance diamond ring, no hankypanky babe, well well, yes a little of hanky without panky, sólo un poquito de cachondeo, así, si no

¡Vas a perder la cabeza! ¡Y en la vida estás perdida! ¡Te vas a ir al infierno!

¡Ya las veo entre las llamas muchachas impúdicas y descaradas!

estoy en el púlpito del templo de mi secta LOSAMIGOSDE LAMASAQUENOSENVIAELMAESTROARQUITECTO DELUNIVERSO

Ya las veo devoradas por las serpientes, mujeres deshonestas, os vais a ir al infierno por degeneradas, ved cómo andáis vestidas, locas, maniáticas, cuasipluscuamprostitutas, mujeres de la calle, airadas, airadas, descaradas, bola de corrompidas —señalando a todas las nenas estoy lleno de ira, mis ojos las escupen— os condenaréis si atentáis contra el Movimiento Familiar, ya os veo con todas vuestras diabólicas danzas entre el excremento el lodo y la lava, a todas vosotras seres miserables que os dejáis llevar por vuestra lascivia, perdidas, por vuestra asquerosa carne, ved, ved, tentando al hombre con vuestra putrefacta carne, descaradas, degeneradas, pervertidas, fuera de este templo, fuera de este templo, fuera, Dios vedlas, ved a las corrompidas, fulmínalas que tu ira caiga sobre ellas, ya os veo hechas cenizas

Un relámpago cae sobre el predicador; un relámpago sicodélico, todas las nenas aplauden ¡Bravo! ¡Bravo! ¡Bravo!

y llego con mi conjunto rocanrolero Los Dientes Macizos

Hola nenas, buenas noches, estoy muy contento de estar con ustedes aquí esta noche, de que les pueda esta noche cantar muchas canciones —Howl golpetea la batería, redobles en el tom tom— les presento a los otros Dientes Macizos Richard (aplausos y gritos, una que otra nena se desmaya, después

de todo no todas son para mí) al requinto, Howl a la batería
(las nenas gritan y aplauden, una que otra se desmaya), Aspirante a Cara del Cine Nacional al acompañamiento (aplausos
y gritos las nenas son medio escépticas a-hoy) Barón al bajo
(unas nenas se descontrolan y se desmayan) El Rey al piano
(las nenas se alocan, aplauden y gritan saltan de sus asientos)
y su servilleta: El Amo de las Nenas, Epic Aris. Okey, one, two,
three, four. Entra el bajo. Satisfaction. Wow, wow, wow, wow,
las nenas gritan, lloran, se desmayan, corren hacia el escenario. Las Tanias alzan un cartel: We love you Epic Aris. Otras
Tanias —minifalda, blusas blancas, como mi Marianne Faithful,
otras vestidas— alzan sus mantas: We love you Richard O you're
our This boy! We love you Howl! We love you Baron! We love you
Aspirante! We love you Rey! We like the Rolling Stones! We like
Los Dientes Macizos!

cause he doesn't smoke
the same cigarettes as me

los policías detienen a las nenas que quieren subir al escenario

arround the world…

las nenas se desmayan… una dos tres n' nenas se destensan,
están vibrando, están vibrando…

No Satisfaction, no satisfaction

aplausos, bravos, silbidos, el delirio, el éxtasis, la entrega, la
alegría… Okey, one, two, threee, four…

My sweet Lady Jane
when I see you again

your servant am I
and homely remain

los cuates que ruedan y las Tanias están en calma, en silencio, abstraídos en la música, en los sonidos de los instrumentos, en el sonido de mi voz

life is secure
with Lady Jane

entre los botones, nenas, nosotros somos los Dientes Macizos. THE BEST MEXICAN ROCK BAND: THE BLACK TOOTH'S. Tratamos de ser los doctores de las nenas, claro que between the buttons

¡Silencio! ¡Silencio! Girls Be quiet! Hold it! Hold on! Hush! ¡Silencio Nenas Calmadas Tranquilas! ¡Nenas Nenas Nenas Nenas! ¡Calmaditas! Así, así, eso es, así, ahora señores y señoras chiflidos y abucheos, fuera fuera por pastel, nata, crema… Okey, okey, niñas y niños, nenas y cuates, gordas y ñeros, chompis y chompas, les voy a presentar a la única a la divina Dalia Marina. Aparece nuestra Marianne Faithful y todo el mundo se alborota, silbidos piroposos de parte de los cuates que ruedan. Buenas noches, Wow, wow, wow, wow, wow, this is the real wild girl, qué voz, qué voz. Voy a cantar —wow, wow, wow, de veras que con su voz el cuerpo se me enchina, vibro, vibro— As Tears Go by

She's so fine you know n' she's really cool you know n' she doesn't believe that life is a play or a game you know n' she's not hangin' around you know n' she's cool calm n' collected she smiles sweetly n' she's the kind of girl you'll like listen as an aftermath of all this shit my oh my Dalia Marina's singin'

it is the evenin' of the day
I sit and watch the children play

los rodantes chasquean los dedos las nenas muy lánguidas fijan sus miradas en ella…

rodantes palmoteando silbidos gritos flores al escenario Tania proyecta sobre una pantalla sus diapositivas sicodélicas The Word is love El secreto es amor la palabra es amor Necesitas AMAR AMAR AMAR AMAR AMAR NECESITAS AMOR LET'S SPEND THE NIGHT TOGETHER PASEMOS JUNTOS LA NOCHE TE NECESITO NOS NECESITAMOS

as tears go by

está cantando Dalia Marina en la tele y yo que la estoy en mi cueva viendo cambio por medio de telepatía el canal: un torero se perfila a matar, falla, el público silba y lo abuchea

un clavadista saltando del trampolín, una cantante gorda recargada en un piano de cola, acompañada de un sublara canta Noche de Ronda. Una manifestación política. Una atleta a la mitad de la pista corriendo los cien metros planos. Un trío en un cabaré cantando Una copa más. Granaderos golpeando obreros. Las Tanias rocanroleando frente a la Catedral de Puebla. El Primero de Mayo, desfile. El Sauce y La Palma de Soundtrack. Un cantante de ranchero en un bar de cierto hotel lujoso cantando no soy monedita de oro la concurrencia emocionada bebiendo. Las Lucrecias bailando en el Monumento a la Revolución. Dalia Marina cantando As Tears Go By. Sadito cenando con su familia. Los Dientes Macizos cantando Satisfaction. Angelina cantando Viento Huracanado. Baile blanco y negro en la Hacienda de los Morales. Las Tanias bailando en la plaza de la Constitución, las Tanias trepadas en los indios verdes, las Tanias en la escalinata del monumento a Obregón. Los Dientes Macizos cantando Let's spend the night together y las Tanias bailando en el Bazar del Sábado. Los Dientes Macizos cantando Vamos a Pasar La Noche Juntos en el teatro y las Taniastanias corriendo con su camarita hacia el escenario. Los policías aventándolas. Una boda: Sadito y una güera. Los Dientes Macizos cantando You've lost that lovin' feelin! Angelina cantando You've lost that lovin' feelin'. Dalia Marina cantando You've lost that lovin' feelin'. La gente en Acapulco en semana santa. Una fogata nocturna en Puerto Vallarta: Los Dientes Macizos tocando, y el amo cantando, los rodantes y las Tanias rocanroleando. Los Dientes Macizos en la pirámide del Sol de Teotihuacan cantando en la noche: Dulcinea María. Angelina cantando You've lost that lovin' feelin'. Los Aztecas contra los Flamencos jugando futbol. Sadito colgado de un árbol por una Lucicrecia. Una cena de navidad de todas las familias de los rodantes, que fuera antes de las doce en la calle fuman Alas

Dalia Marina y Angelina cantan You've lost that lovin' feelin', las Lucrecias bailando. Los Dientes Macizos cantando Lady Jane en un bosque. Imágenes alternadas de Dalia Marina y Angelina cantando Going Out of my Head. Una familia de los treintas yendo a misa. Un mitin político. Los Dientes Macizos en una reunión adorando a Quetzalcóatl. Marx posando con su libro La Sagrada Familia. Engels con La Familia, La Propiedad Privada y El Estado. Lenin con La Emancipación de la Mujer. Los Dientes Macizos cantando Lets' spend the night together. Dalia Marina canta

going out of my head

Cortés está llorando bajo un árbol dame otra vez tu amor Marina dame otra vez tu amor Marina y Cuauhtémoc en una choza planea la destrucción de los españoles que conquistaron a sus mujeres Los sacerdotes elevan su espíritu a Quetzalcóatl le piden paz no les da le piden a Tláloc lluvia no les da Huitzilo-póchtli es el dios adorado por los seguidores de Cuauhtémoc Es el dios de la venganza que resplandece entre el fuego mientras que Cortés llora bajo un árbol dame otra vez tu amor Marina otra vez Marina dame tu amor esta noche Marina Porque esta noche estoy muy triste y la noche puede blanquear los árboles Marina dame tu amor esta noche porque estoy muy triste llorando bajo este árbol por ti Marina por ti Marina Los Caballeros Águilas y los Caballeros Tigres esconden el oro y en su locura queman a sus mujeres cuando Cortés está llorando por Marina bajo el árbol de la noche triste bajo el árbol de la noche triste Cortés está llorando Ámame otra vez Marina Alright! ¡Sabor ahí! Far out!

y vas a destender las sábanas blancas a recoger todos los cigarros de filtro blanco manchado con tu rojo indeleble y vas a tener que huir con tus cosméticos hacia el valle de las monjas porque vas a oír y a ver a Sansón clamando venganza vas a pagar cara tu traición Dalila si no te arrepientes de haberlo seducido y vendido a los filisteos a los maestros de la guerra a los dueños del imperio ¡Cuídate Dalila!

yo pa' qué quiero dinero dinero maldito que nada vale yo no quiero riquezas riquezas que nada valen yo lo que quiero es que vuelvas conmigo ingrata yo quiero que vuelva conmigo la que se fue yo lo que quiero es que vuelva que vuelva conmigo la que se fue yo lo que quiero es quererte quererte bien yo ya no quiero tristeza tristeza tristeza tristeza en mi alma quiero romper este corazón de piedra yo no quiero dinero quiero tu amor nena quiero que vuelvas conmigo con amor no por el maldito dinero que nos separó vuelve por amor yo quiero que regreses a mí nena que me des Satisfacción

¡Sabor ahí nena!

Dialécticamente nena el Cristianismo es la decadencia de la religión judáica, del pueblo judío, la dispersión, el Cristianismo funciona a la perfección para los imperios, el imperio romano el imperio yankee, no el pueblo judío, no los judíos, eso es Hitler, el odio racial para desviar la lucha de clases, el nacionalismo, el color de la piel para sojuzgar a los negros, pero la lucha está ahí... Está ahí sin nosotros, porque nosotros somos parte de esas ideas, las ideas engendran líderes, hicieron al Che a fidel a carmichael a bob dylan a hegel a marx a lenin a engels a Rousseau el espíritu humano de la novena sinfonía de beethoven

tristán e isolda de wagner
let's spend the night together de los rolling stones
los desnudos de modigliani
los retratos de modigliani
las selvas del aduanero rousseau
el mundo caleidoscópico de carpentier
rayuela de cortázar
pedro páramo de rulfo
democracia en américa de alexis de tocqueville

she loves you de los beatles entre esto no hay contradicción es la negación de la negación ¿qué filosofón está esta noche epicurón, non?

No hay nada dentro de ti nena has perdido todo estás hecha de nada has perdido la vida así de simple has perdido la vida nena lo único que te preocupa es el dinero dinero has perdido la dignidad de mujer te ofreces te ofreces te compran como cualquier mercancía te anuncias en los supermercados y en la televisión estás perdida perdida perdida perdida perdida perdida dentro de ti no hay nada excepto desamor excepto negación estás hecha de nada no tienes nada eres transparente invisible estás extraviada nena la niña perdida nena eres de plástico estás perdida perdida eres un objeto en el espacio un objeto sin luz ni color estás perdida en el negro en el negro estás perdida nena estás perdida nena perdida no tienes nada no tienes nada nada nada nada dentro de ti no hay nada nada nada

y usas desodorantes y desinfectantes y cosméticos tu sexo huele a HUMMM, tus sobacos huelen a UFFFF, tu cuerpo respira SIETE MACHOOOOSSSS, usas pantaletas rosaditas muy pero muy monas Universitarias, y los cabellos lacios nada más los traes para apantallar pendejos, si las manos te sudan te excusas es que soy muy nerviosa y con tu pañuelito rosa te limpias las manos, usas jabón Embarazo, brassiers Desafection but very righteous, oh oh oh te digo nena que te ves muy amable, te ves muy suave, hueles a detergente, pero a farsantes como tú prefiero el detergente, en serio nena, prefiero pasarme la vida solo a tener muñecas como tú que usan pestañas postizas y pechos postizos y pelucas raras nada más para atrapar a cualquier pendejo que se deje conmigo te la pelas yo te puedo descubrir entre mil, yo sé leer los ojos yo sé en lo que estás pensando lo bueno es que no tengo complejo de delator es mejor que ni te pele pues para mí hablando francamente me vales madres en serio chiquita vale madres Truca Sin Límite eres paja nena pura pinche paja para las vacas fofas o fodongas chao nena ahí me cuentas cuál es la oveja que se deja ¿eh? ¿no me vas a platicar? es un ondón pensar en tu noche de bodas en serio ya me imagino aquí tu padre casado contigo seguro que en el banquete me dirías mi vida tómate una copita de champaña con papá y otra con mamá y otra con mi tía soledad ándele tómese esta copita de vino y luego en el avión me meterías más licor y me dirías mi vida no aguanto la tensión ha de ser por la estación y bajando del avión mi vida vamos a festejarlo y allí en el cabaret más alcohol a tu favor y baila y baila cheek to cheek para demostrarme tu gran amor

y al otro día mi vida qué apenada me siento éste es el primer día que ya no soy señorita sino tu querida esposita por el resto de tu vida ahora vamos a la playa a asolearnos mi vida y te pones tu bikini con mallas pues te da mucha pena que completa te vea qué quieres mi vida aún no estoy acostumbrada yo no fui una cualquiera para ante mi cielito ser una descarada así es de que nos asoleamos y ostiones tragamos y recostadosenlaarenabebemoscocofiz y claro tú para disimular con lentes oscuros es que mi vida a esta hora el sol me molesta y luego a esquiar y luego a la alberca del hotel a nadar para que cuando llegue la noche ay mi vida qué cansada estoy muerta de sueño mejor otro día repetimos lo de ayer pues de tanto que nos divertimos orita nomás no me siento bien buenas noches mi amor ya sabe usted sueña

con los angelitos y entonces yo me volvería loquito y con miles
de darditos te agujerraría el ombliguito y después de la vidorria
sacarte te podría sobre el pecho una flor de loto o una orquídea
recordando las otras que te di porque eran las flores que más
te gustaban y yo como enano tenía que trabajar y pedirlas a la
florería de fiado y antes de regresar a casita te echaría a los tiburones y luego llegaría a nuestro departamento y acabaría con
los objetos del hogar a hachazos claro que no soy un santo pero
ya pasaron los tiempos que a los hombres con tus trucos atra-
pabas toloachera
   ¡Sabor ahí!

Te amo porque entiendo que sin ti no puedo vivir
Te amo por tus ojos
pan, agua, tierra, fuego
Te amo Tania
porque eres la noche y el día
la gracia y la melancolía
Te amo porque en tus ojos no hay bruma
Te amo porque eres la reina de espadas
y la reina de corazones
Jack Diamond puede seguir su camino al desierto
Te amo porque en tu espalda y en tu vientre
el agua cristalina se desliza suave suavemente
Te amo por todas aquellas mujeres que no he amado
Te amo por el amor a la mujer que no me ha amado
Rusa negra
Terror
Revolución
hermana repartiendo los volantes del maestro
compañera en mi juego de la casita
paciente en mí vamos a jugar al doctor
tesoro descubierto es mi juego de monedas ocultas
bajo tierra

tú ere' la rumba
tú ere' el chachachá
y el rhythm n' blues
y el blues
y el feelin'
mi negra santa
mi nocturnal
mi guapacheo
mi papá ribaramicumbandice
mi angustia
mi consuelo
mi burundanga marcando el paso
mi silbando el bambo
mi palmera tropical
bañada por el sol
mi agua azul
el mar violento el mar tranquilo Tania
mi rosa rosa
mi tallo verde mi aguacate
mi sandía mi guanábana
te amo Tania
porque eres todo esto en mi vida
en mi cursividatrivial
por ti las noches están llenas de estrellas
por ti esta noche no estoy llorando nena
por ti la vida no es vacía nena
por ti el sol está vibrando nena
por ti la vida no es vacía nena
por ti mi cuerpo vibra
y mi corazón mambea
mientras que el piano lleva la melodía y el acompañamiento
tus tambores marcan el ritmo
vuela paloma vuela
mi yerba mala y mi yerba buena

tú eres guapachosa y cascabelera y cosquilleante
tú eres los murmullos y el silencio Eres el Torrente
Utopía
Mi cubita bella
Mi heroico puerto jarocho
tus tambores marcan el ritmo
tus tambores rosa negra
rusa negra
escuincla de porra
infatigable compañera
verdadera maestra del mitin y el motín
Musa de los espíritus violentos
y los espíritus tranquilos
Tempestad
Cascada
Torrente
río suave cristalino

mar abierto mar abierto mar caribe
Tania mi rusa negra
mi quinta internacional
mi novena de beethoven
mi rolling stone
mi marianne faithful
mi energía
mi movimiento
mi dialéctica
mi contradicción
mi identidad
mi actitud sincera
mi contradicción
mi eterno movimiento
mi vida
mi noche criolla

mi aventura
mi mujer
mi sólo veracruz es bello
mi reina
por ti cuando estoy solo
las noches se tornan melancolía
pero por ti el cielo permanece azul
cuando es gris
por ti no hay gris en la vida
Mi jenny henny mi henny jenny
marxiana
mi high society girl
eterna musa de todos los filósofos de la existencia
de todos los jóvenes coléricos
de todos todos
los encabronados del mundo

de todos los que saben que esta calma no e' la pa' chico
te lo digo yo que esta calma no e' la pa'
el feelin' chico el feelin'
reina de los que saben que esta calma
que esta calma no es nada
Jenny Jenny
Jenny
Tania
Krupskaia
Fin de aburrimiento
de la desolación
fin de la fiesta dionisíaca
fin del frío
fin de la noche
amanecer amanecer
jarocho

nuevo día
nuevo amanecer
déjame amarte este día
quiero darte mis colores
quiero darte mis flores
quiero que sientas mi ritmo
jacarandoso
quiero amarte nena
con sabor
con franco guapacheo
este día nuevo
en que el verano
está en micaela
y en carmela
y en guadalupe
y en maría y en la chunga
déjame amarte a ti
mi nena
mi nena de los ojos melancólicos
nena de ojos azules
my lucy in the sky with diamonds
my oh my
my love me tender
my don't be cruel
my you mean everything to me
mi tania
mi cajeta de celaya
mi negación de la ibm
mi musa del bohemio y poeta
mi palmera tropical
mi rumba fueite
mi antigallega
mi vamo a bailá oriza negra vamo a gozá
que suene lo tambore negra

que empiece el guaguancó
mis chongos de zamora
mi fresa de irapuato
mi anticoncéptica contra las cherry pies girls
uno y uno son dos dos y dos son cuatro
cuatro y dos son seis
seis y seis son doce
doce y ocho dieciséis
mi rama dorada
mis hongos alucinantes
mi chayote de orizaba
mi piña madura
de tierra caliente
tierra colorada y tierra caliente
tierra blanca
agua del río papaloapan
mira cómo guapacheo nena
cómo bailo la rumba nena
eres como el chayote
Tania
aparentemente dura por fuera
aparentemente impenetrable
aparentemente invulnerable
pero estás llena
de suavidad nena
eres la verdadera calma
la verdadera actitud
el eterno femenino viajando en camiones
y tomando el sol en chapultepec
la musa planchando calzones y pañuelos
la musa cocinando huachinango
y mojarrita al horno
la musa que dice con sus ojos
la verdad

tus ojos siempre abiertos
siempre azules
terriblemente azules
terriblemente francos
suavemente amorosos
de mirada suave
suave suave
suavemente tierna
Tania
Amor
base de mi teoría del subconsumo
mi difusora
mi rosa rosa
rosa
de
Lu
xem
burgo

Estoy en mi casa rodante cuando estoy empezando a entrar en trance alquien knock knock la puerta ¿quién será? ¿será melón será sandía? ¿Quién a estas horas vendrá a interrumpir mi guapachosa frialdad tropical? ¿Quién? antes de abrir obviamente pregunto ¿quién? soy pepcoke gin no es cierto soy bellow el autor de la novela la vida heroica de herzog silba

—Oh, oh, un momento si me hace usted favor…

—Okey maese

antes de abrir me quito mi túnica de sacerdote olmeca y mi penacho y mi traje de rolling stone y me meto dentro de mi traje Quevedo y luego me calzo en las narices mis antiparras Quevedo Ya vestido adecuadamente para recibir al Maese Pepcoke Gin abro la puerta

—¡Quiubo maese qué…

—Pues nada aquí el punto parroteando y tú…

—Títeres títeres… U sea Iguanas Ranas escribiendo un texto pornográfico sobre las marranas y las ranas…

Me quita mis lentes Quevedo y los estudia con una de esas cosas que usan los joyeros pa' ver los diamantes esas cositas que parecen micros y se ponen contra un ojo ¿Me entendieron? Perfecto o si no vayan con un joyero y que se los muestre ¿¡ya vieron Help!?

—Listeneamos a los rolling stones?

—Sip

—¿Un jerez o una manzanilla o si preferís té de ladilla?

—Vinillo

—Sip, pero tómalo con cuidadito si no te puede dar catarro francés

—Ya lo sep

—Which brand?

—Marqués de Sade

—Padre

—Hecho

—Al techo

—Blanco

—Para tu furris son opacos

—¿No te gustan los tacos? El vicio maese el vicio

—Agárrate bien no te vayas a caer

—De rodillas

—Me besas las ladillas

—¿Quién te manda a ser eso?

—¿Mande?

—Siempre te toca la de ver galletas

—Y a ti la de ver ganado

—Sip

—Sip

—Nop

—Nip

—Tip

—Tip

—Ya no te la jales y pon el disco negro

—Mándame…

—Que te agaches y cojas ese disco y lo pongas…

—Sip —le digo— ten, ponlo toledano, yo voy a mi departamento de ideas a confeccionarme un Mágico…

El maese Gin pone Paint it Black

en mi departamento de ideas comúnmente por el vulgo llamado u nombrado excusado water club o close o lo que sea mientras que preparo un Mágico conecto mi muñeca La Gitana y mientras que en el canal coloco el tabaco especial con que hago mis cigarros releo mis letreros preferidos Fuck you Kiss my ass chinga tu puta madre I fucked suani I fucked saint annie yo soy puto suck my dick mi padre es lesbiano y todas las noches le pico el ano y mi madre es homosexual un bigote natural yo soy un cabrón hijo de puta bastard shit suck my peter guadalupe me mamó la verga i fucked your mother I fucked your father maría es putísima I'm a mother-fucker

y ya que mi tabaco está canalizado desconecto a La Gitana y del baño acompañado de ella salgo volviendo al lugar donde antes de venir a mi departamento de arte y confección estaba y veo que Pepcoke Gin está salta y salta como loquito de lado fumando como chacuaco bailando al compás de Paint it Black!

Luego canta con Jagger Stupid Girl. Viene Lady Jane y le digo

—Perdóname maese pero con esta canción le rindo culto a mi amiga La Gitana…

Y empiezo el rito prendo mi mágico y enciendo un comal que a los pies de La Gitana he colocado

—Aftermath, maese, aftermath

—Sip

—¿Qué?

—Sip

—Que se me hace que ya está usted horneado, maese

—Sip

—¿Qué?

—Son los amos

—Gracias maestro, gracias, ya sabía que Yo era el amo…

—Los Rolling Stones…

—Todos ¿no? Toda la gente de la onda. Todos los que están en la onda, Pete Seeger está bien, Bob Dylan está bien, los Beatles están bien, los Rolling Stones somos los amos, digo, son de la misma onda que todos. Todos hablando de lo mismo que tú cotorreas en De Lado. De lo que habla aquí tu padre, El Maese Quevedo. De lo que hablan los negros en el rhythm blues, los blancos en el rock. Todos los de la onda maese, así es de que… ¿qué? ¿Qué?

—Todo era cotorreo, sabiendo quiénes son los Beatles hay que hablar de los Rolling Stones, dentro de la onda ningún tren está descarrilado…

—Calmado, calmado…

—¿Qué?

—Era obvio lo que estaban diciendo…

—Calmado…

—¿Calmado?

—Es que en verdad os digo que ando un poco como el caballero de la triste figura estoy viendo visiones La Gitana está bailando algo de Beny Moré nada más cómo se mueve qué sabor y qué compá vamo ai mulatica poniéndole sabor al caldo, guapacheando con ritmo ahí ahí…

—Qué padre es Lady Jane…

—¿Qué?

—Qué padre es Lady Jane…

—Sí, sí, claro ¡Qué ondón! ¡Esta Gitana nunca me traiciona! Siempre me dice calmado, take it easy, calmado, con calma, slow, coolmeado, nada de ofuscaciones, nada de dejar entrar malas vibraciones, no te desesperes es padre ¿no?

—Lady Jane es lo máximo

—¿Qué dijiste?

—Sip
—Os pido perdón pues a ratos no escucho porque se me va la
onda
—¿Qué?
—¿De qué?
—Es padrísima, qué ondóon…
—Claro, maese, claro…

life is secure
with lady jane…

y cuando acaba pongo un disco de Celia Cru' El Yerbero Moderno
y al Maese Herzog le digo
—if you want, please, I'll show you the masters of my birds n'
bees n' flowers n' the trees
y lo llevo a mi cámara secreta donde tengo prendidas vela-
doras a los que me enseñaron el camino de los grandes iniciados

Quevedo
Marx   Engels
Lenin
Frazer   Schouré
Liszt Beethoven Schoenherg Messiaen
Epicuro Aristipo Platón Séneca Moro Che Guevara
Marianne Faithful
Bob Dylan Mick Jagger Keith Richards Brian Jones Charlie Watts
Billy Wyman Phil Spector Joe Tex Otis Redding James Brown
Carmichael Little Richard Chuck Berry
The Beat Generation
Ginsberg

cromos del playboy del seventeen de vogue de bazaar

y en medio maestro Gin mi enorme foto, que mi autoautó-
grafo dice: el amo de las nenas, el rey criollo Epic Aris…

—Sí, sí claro, el amo eres túuuuuuuu, claro, claro, pero a mí me
pelas el nabo… —Estoy seguro que a travieso no me ganas…
ahí te va este albur… si soy tan lagarto que te ensarto…

—Los dientes en la verga…

—Ora sí me chingaste… Ni pedo maestro perdí…

—Recuerda bien enano que también así perdió el diablo…
¡Aguas!

—Oye maestro que a títeres te dicen el chango mechas de
indio

—Sip. Claro, claro, ayer me dijeron que a títeres te decían el
pepelón delasovaciones…

—Ora sí me chingaste ni que qué

—¡¡¿Qué?!!

—No sé, se me acaba de ir la onda…

Y estoy oyendo Lady Jane de los Rolling Stones y a la letra en
mi frialdad no entiendo pero me pongo a juguetear un poco con
la inspiración que me da la canción Lady Jane Aftermath Let's
Spend the night together hold on i'm comin! hold on i'm comin!
hold on i'm comin! Hold On I'm Comin! I'm out of my head n'
my mouth is getting dry babe n'i wanna all you babe let's ball
babe let's ball Babe! Come on babe Come on come on COME
ON! Help! Let's spend the night together not fade away not fade
away babe ando hasta el gorro gorrión camión traición canción
canción atracción atracción amoración amoración ando hasta
la amoración babe yo ando hasta amoración ando en la onda
ando en la uva ando en el guayabo ando en el mamey ando
en el zapote ando en la manzana que es cuadrada la manzana
de la gente cuadrada la gente cuadrada de asociaciones sociedades clubes consecuencia Lady Jane Mr. Tambourine Man
Yeah babe too much monkey bussiness around n' around i need
your love tonight get off of my cloud lady jane just like a thumb
tom blues queen jane approximately loveminuszeronolimit

everybody must get stoned! Everybody must get stoned! well i would not feel so all alone everybody must get stoned! alucinación alucinación vision visión introspección retrospección tepasadación pasadación pasadoción pasadoacción

Estoy en el café de mi querida Escuela Nacional de Economía de mi querida alma mater Ciudad Universitaria SSS (Secreta Sociedad de Squares) estoy casi a un spot de desertar de mis ideas rojas stalinistas, estoy a punto de tirar la biografía de Stalin a la basura, los gabachos fueron vencidos por el pueblo cubano, hay relajo en la FACULTAD DE JURISPRUDENCIA Y LEYES, DIZQUE-MARXISTASLENINISTAS vs MURISTAS Y PANISTAS Y MIERDISTAS Y FATALISTAS Y CONVENCIONISTAS, IZQUIERDISTAS vs REACCIONARIOS pero a fin de cuentas ¿TIBIOS vs TIBIOS? ¿Delirantes VS Delirantes? VIVIDORES vs VIVIDORES POLITIQUIANOS vs POLITIQUIANOS Chambeadores VS Chambeadores, a los troskistas se les acusa de ¡Vendidos al Imperialismo! ¡VENDIDOS AL IMPERIALISMO! ¡Mueran troscos mueran troscos!

yo tomando mi café estoy desvelado porque en la noche de ayer terminé mi primera obra literaria el drama épico SERENATA RANCHERA A LA LUZ DE LA LUNA Y LAS ESTRELLAS EN EL VALLE DE ANÁHUAC por Epicuro Arístipo de Sinvergüenza y Tómbola

además de desvelado y cafeteado estoy embenedictinado afectado por las consecuencias obvias nerviosón deprimidón excitadón activón pero sin concretizar nada más bien ando medio volando bajo planeando nervioso pero introvertido eso sip

Llega el líder de la H (enana) Escuela de Economía o sea el Presi de la Soc de A-pupilos

—Camaradas, la lucha se empieza por el eslabón más débil, los compañeros de la facultad de jurisprudencia están luchando por una causa revolucionaria, démosles nuestro apoyo revolucionario ¡Vayamos a la huelga! ¡Es la única lucha posible pa'cabar con los reaccionarios que frenan el progreso revolucionario de nuestro amado pueblo mexicano! ¡Muera el clero y el gobierno universitario! ¡Mueran los oscurantistas! ¡Vayamos al apoyo de los camaradas de jurisprudencia y leyes que están defendiendo la dignidad revolucionaria del estudiantado!

Las estudiantinas vestidas de Pumas con sus plumeros de colores y enseñando las piernas gracias a sus falditas azulitas cortitas excitan a los Estudiantinos que escuchan al líder ¡Acción! ¡Acción! ¡Acción! ¡Acción!

—… Y para que en esta escuela empecemos a destruir a los reaccionarios a los EXPLOTADORES al IMPERIALISMO…

Una Puma le da una coca cola al Líder quien al suelo la arroja

—Derribemos el símbolo de los opresores, de los explotadores de todos los pueblos oprimidos del mundo…

Al caer la botella de Coke al piso y romperse y quedar el líquido regado y el suelo raspado acto continuo todos Los Estudiantinos Rojillos (Oh oh oh estas benedictinas como alucinaciones me dan por un momento estoy en el siglo pasado en la Universidad de GTO siguen al Líder Estudiantino Morado Presi de mi tres veces adorada escuela de economía van a parapetarse en las barricadas para defender las ideas comunistas). En el café me quedo solo y extraigo del bolsillo de mi camisa Obrera un cigarro Trabajador lo enciendo una dos tres muy cool me incorporo camino hasta la botella rota fríamente veo los pedazos y el líquido disperso

—¡Bah! Estoy seguro que toda esta gente es incapaz de compadecerse por los drogadictos… bah… bah… de seguro me mandarían a un campo de concentración bah… bah… bah

y de la escuela salgo y a lo lejos brillan los Estudiantinos una nena canta Muera que muera el imperialismo yanqui muera el rector quintacolumna muera el gobierno universitario… Las Pumas muy excitadas brincan y se mueven muy jarabe tapatío ¡Acción Acción Acción! Líder sobre un pilar de concreto está disfrazado de Alemán viendo cómo a los Estudiantinos Rojillos y Morados tiene apantallados

y a la voz de vamos ahí los Rojos vs los Morados se lanzan con ondas piedras y lanzas derriban barricadas puertas los Rojos luchan por la toma y los Morados por la defensa la nena vestida de Adelita sigue cantando ahora Siete Leguas su voz su voz dentro de mí vibrando y a lo lejos alguien canta a lo lejos alguien canta a lo lejos alguien canta cuando voy a mi casa a escribir un verso a Rocío que me trae por el callejón de la amargura donde siempre camino vestido de Quevedo ¡Sabor ahí!

¡Sabor ahí! Claro a guapachear y me aloco y del Callejón salgo a mil por hora corriendo y empiezo a saltar like a rolling stone made of rubber soul y por la Avenida de los Insurgentes voy y empiezo a cantar Mira mira ahí viene la tira mira mira ahí viene la tira

y unas nenas vienen bailando y una voz de un cantante negro oigo oh oh la reconozco es Beny Moré cantando una canción de Silvestre Méndez: Yiri Yiri Bom! yiriribom!

Pero tuuuuu tuuuu ¿cuántos años tienes nena? ¿Veinte años? ¿Y nunca has hecho el amor? ¿Nunca? Pero por Dios nena ¿qué te pacha? ¿Qué es lo que a ti te pasa? ¿Te da miedo pasear con tu novio sola? ¿Mucho miedo? ¿Qué dirá la gente? Por Dios nena qué preocupación por la gente. ¿Y ya tan grandota no te dejan salir sola? Pobrecita, po-bre-ci-ta, no te vayas a perder, chiquita. ¿Y cuando tu novio te abraza qué sientes? ¿Feo? ¿Bonito? ¿Y cuando te besa? ¿Qué? ¿Eh? Pobrecita, tan tímida, tan recatada, tan pero tan decente chulis, la Kikis, la Leti, la Paty, todas tan monas, todas tanto pero tanto respeto a sí mismas, tan humildes pero con tantas ganas de fama que aparecen sus caras de mocos en las páginas de sociales de los periódicos, tanto control, pero ¿qué sueñas nena? Dime, dime qué sueñas, cuéntame tus sueños nena, please i beg you babe, qué les dices a los cuervos qué ves en tu cuarto, ¿desaparecen cuando prendes la luz? Dime

¿sí? sí ¿quieres contarme por qué eres así de estúpida? I beg you darlin' i 'beg you darlin'

    el maestro de la escuela me lleva a los otros segundos para que recite la tabla del nueve. El maestro presume que soy su creación. Soy el abanderado en la Escuela Primaria Héroes de Nacotlán claro por eso de que soy el ídolo de las maestras estoy recitando versos a la bandera

> Oh bandera
> Bandera
> de mi patria
> sagrada
> aquí en esta era
> yo por ti la vida diera
> ¡Oh bandera bandera!

a los a-pupilos de ambos sexos conmuevo luego con mis versos a la madre

> madrecita santa
> de mi corazón
> eres mi vida
> eres mi ilusión
> pues desde niño
> siempre me cambias el calzón

versos al maestro

> oh incólume
> antorcha de luz
> gracias a vus
> de grande voy
> a ser lo que voy
> a ser por vus

Papa loves mambo mama loves mambo Te digo que está a todo dar me dice El Cano Vamos a hablarle por teléfono le digo. Llegamos a mi home. Abre la sirvienta No la pelo, siempre me anda diciendo que la bese, todas las sirvientas son unas marranas. Buscamos su número de teléfono en el directorio. Marco: 969696 Hola, eres Sofía verdad, soy Epicuro Dont play the rumba don't play the samba cause papa loves mambo tonight me llamo Epicuro te vi y estás a todo dar no cuelgues te da miedo platicar conmigo o qué pues soy tu más ferviente admirador eres muy bonita eso dicen todos la más bonita que hemos conocido la más bonita

voy en el cabús del tren de carga, viendo las montañas en movimiento, la vegetación en movimiento, la vía, los rieles en sentido contrario, todo queda atrás como una película, como en una pantalla, extraño a Penélope, tiene seis años, la quiero mucho, juego con ella en el patio de la casa de mi abuelita, jugamos a buscar monedas, ella las entierra y yo las busco, Thalía cuida sus muñecas, yo se las curo cuando se enferman, les receto medicinas, estamos en el patio antes del anochecer entre las piñanonas y los helechos buscando monedas, buscando oro, en las tardes cuidamos los conejos de abuelita, su papá nos lleva al parque a andar en bici, cae chipi, mi tío Cicerón nos alquila bicis por una hora

Heartbreakhotelestoyoyendo en elradioporquérocíomiamor porotromehacambiado

me he pasado horas y horas en mi cuarto encerrado fumando como chacuacocomo lo haríacualquier decepcionado que alviciodeltrago aún no le ha entrado antes del momento de estar en la cama botado. Y conforme Elvis va cantando mi corazón se me está dislocando. Rocío ¿por qué le creíste a ese desgraciado? ¿Por qué le hiciste caso? Le voy a partir su puta madre se lo voy a partir y lo voy a patear lo voy a hacer caca abono para sus hermanas del alma: las ratas, Rata. Lo voy a amarrar de un poste y le voy a dar de puntapiés en el hocico por hablador. Pero mi corazón se está desintegrando por ti, no lloro, no lloro, vete a la chingada esta vez no lloro, pero por dentro siento una tormenta que me destroza hasta las tripas. Rocío no puedo vivir sin ti… No puedo Rocío te quiero te quiero

consecuenciaconsecuenciaconsecuenciaconsecuencia consecuenciaconsecuenciaconsecuenciaconsecuencia consecuenciaconsecuenciaconseuenciaconsecuencia consecuencia Rocío ¿Qué quieres? Rocíoporfavorvamosavolver noyano lonuestro terminó Rocíoesquetequiero noepicrudo yotambiéntequiero pero yano preferiste ve con tus amigos… Rocío tienes que creerme telojuro te doy mi palabra de honor de veras tequiero noyanoyano ¿por qué? Es mejor que seamos amigos, podemos ser amigos muy buenos amigos Epicuro no no o eres mi novia yanovoyavolvercontigo ¿no? nonoepicrudo entiéndeme quiero a otro chinga a tu madre eresunapendejaidiotabestia nosé qué carajos te vi si eres una idiota una idiota pendeja chinga… ¡Clic! y encabronado voy a casa de La Nube pinche tripón vámonos de onda me chingué quinientos pesos y nos vamos a un bar y chupamos hasta morir y vamos a un burdel a que las putas nos amen, a que las putas nos den calor y luego saliendo del bule bú vamos a Garibaldi y todos borrachos acompañados de Apolo y el Rey vamos unsábado violento a llevarle mariachis a Rocío Deja que yo te busque que yo te busque y si te encuentro y si te encuentro tiramos botellazos a la ventana de tu casa luego estamos todos los cuates en la calle donde vivimos ahogados de borrachos estamos rompiendo botellas bailando chaca chaca chaca chaca chaca chaca chaca vamos por otra pacha vamos por otra pacha chacha chaca chaca y claro que todo se vaya a la chingada pues Rocío tampoco me quiere y estoy oyendo el hotel de los corazones rotos

en el cuarto de paco leyendo en voz alta el nocturno a rosario grabando el poema en una tape record (this means grabadora) me oigo oh genial genial eres un genio eh Maese Epic Aris you are the one little spick the one of this fuckin' whole world you're you really are, listen to your voice kid, wow, wow, tiger, wow wow! después de esta pausa de autoaplausodejoelnocturnoaro- sarioycojo una novela de MIKE HAMMER y le trituro las costillas a patadas llega Círculo Vicioso y nos ponemos dizque a rocanro- lear él dizque requinteando y yo dizque cantando Treat Me Nice. Le hago show. Estoy imitando a mi ídolo el rey, claro, el disco de playback. Después de todo no lo hago tan mal. Mi conjunto Epic Aris y sus Floreros Despostillados nos presentamos en un programa de concurso John Bottle a la batería, Richard O al requinto, Pepcoke Gin al acompañamiento, yo Epic Tulsa Aris cantando Hard Headed Woman

llega Sor Sofía mi divina Sor Sofía mi corazón hace pum pum pum es muy bonita su cara es de ángel digo no he visto ángeles pero me imagino que Sor Chofis tiene cara de ángel, digo, así de tranquila así de tímida así de nerviosona, así de toda bondad, toda amor. Estamos a la mesa su tío JUDIOSVAYANSEALINFIERNO, su mamá Fleanor Ribgy, su abuelita la DAMA DE LA CARIDAD REPETICIÓN INFINITA E HIJA DE LAS HIJAS DE MARÍA, enemiga de la sonrisa, pienso que la señora me odia, cada vez que me ve me odia, siempre le está diciendo que la hermana sor Pastel es la base, que vayan a misa de siete y como siempre yo enfrente de ella para adornarme predico mi ateísmo, pues su papá le predica las obras prohitler: Derrota Mundial de Borrego y todos esos engendros, su tía le dice (sofía ya es sixteen if you know what i mean) y oh oh tengo una alucinación cuando todos estamos comiendo veo a Sofía rodeada de monjas ancianas y de curas ancianos Pecato Pecato a su tío los judíos tienen la culpa de los problemas del mundo a su tía güerita es por tu bien hay que ser decente la mayoría de los jóvenes son cochinos no hay que hablar con ellos de cosas de mujercitas y yo me encabrono y le estoy cantando con mi guitarra y todo mi disfraz presleyano i see some raven walkin on the street n' i wanted to tell it what life really means but then i saw a preacher talkin' 'bout the birds n' the bees n' the flowers n' the trees y luego le estoy cantando i want you i need you i love you y mi sofía baja la vista y se persigna ¿Seré realmente el diablo? Oh Oh Oh Oh qué tormento por dentro siento y le regalo a Sofía la Sagrada Familia y al otro día me lo regresa dice mi mamá que yo no debo leer estas cosas y a mi amor en ese tiempo siempre la encuentro oyendo a pat boone, stardust, un imbécil baby face antirrocanrrolero. Voy al cuarto de Sofía cuando ella aún no llega de la escuela y me pongo a cantar parado en su cama I need your love tonight... y oh oh oh oh qué trastornación aparece la niña que siempre me está cotorreando...

—Es padre niño, es padre la canción que cantas niño, pero ya deja de hacerte el loquito, niño baboso...

—¿Qué te pasaa qué te pasa?

—¿Qué te pasa a ti niño menso?... Es padre tu onda ¿eh?

—Sí ¿no?

—¿Y por qué te quedas ahí parado como baboso? Sigue, no te me atarades, te he visto en la tele y cantas padre, sigue ¿no, niño?

—Hecho, I need your love tonight...

—Pero baila, no seas tímido niño

—Hecho

y le canto I want to be free y cuando acabo y espero que me aplauda ay niño ya no te aguanto, me dice, eres un pastel de bodas, chao niño

CONSECUENCIA HOLD ON I'M COMIN NENA ESPÉRAME ESPÉRAME AI VOY AIVOY AIVOY VVVVVOOOOYYY ESPÉRAME NENA VAMOS A pastear pastelear PASTERA PASEAR PASAR LA NOCHE JUNTOS NENA VEN NENA VAMOS A PASAR LA NOCHE JUNTOS SUMMER IN THE CITY HELP! AYÚDAME NENA AYÚDAME NENA ¡AYÚDAME! NOT FADE AWAY NOT FADE AWAY SATISFACTION SATISFACTION SATISFACTION LADY LADY JANE QUEEN JANE JANE QUEEN JANE'S WALKIN' ON THE GRASS EVERYBODY MUST GET STONED! EV'RYBODY MUST GET STONED!

CONSECUENCIACONSECUENCIACONSECUENCIA CONSECUENCIACONSECUENCIA CHERRY, CHERRY, iuju, iuju, cherry Te advierto una cosa ¿eh? Que si sigues con tus pendejadas te vas a quedar sola aullando a la luna aullando al sol y te vas a volver wild thing aullando a la luna ¿Eh? Te vas a quedar como el perro de las dos tortas como un perro callejero sí sí chiquita yo sé que siempre has buscado dueño ya lo sé quieres andar amarrada y en tu collar brillan las pendejadas todo lo usas para relucir: cultura, casa, esposo, y cuando te aburres juegas al golf o al cochondeo es que mi esposo no me da sex-o y luego andas por el callejón de la amargura pidiendo Sex-Ouuuuuuuuu

PERO COSA SALVAJE ¿sabes hacer el amor? No, no, te he visto volverte loca, loca, sin que te importe a quién tienes arriba, cierras los ojos ¿Sabes amar? Claro, la base para ti es el SEX SEX IS HOT AS HELL y que te lo den como te dieron coche, como te dieron casa, como te dieron comida, todo tienen que darte, todo. Pero si hay alguno que te recoja, perfecto, pero seguro que seguirás como un perro hambriento, porque para todo hay que ser honesta, yo ya no te creo ya no, para mí ya estás como los coches viejos, fuera de tiempo CHERRYSEX ¿Te has dado cuenta que siempre has estado muerta Flor de Loto igual que tú Cherry vanidosa, pretenciosa, creída? ¿Qué tienes, eh? Digo, ¿qué tienes, eh? ¿Piensas? ¿sabes hacer el amor? ¿Eh? Eres tierna ¿Eh? Eres paciente ¿Eh? Eres comprensiva ¿Eh? No te olvidas de tu pareja ¿Eh? Van varias veces que te veo delirando perder la cabeza y olvidarte y decir qué rico, hmmm, hmmm, tu vicio, tu vicio, tu vicio wild thing, hmmm qué rico ¿verdad wild thing? hay que tratar de hacer las cosas bien ¿no crees? Tratar tratar de no cerrar los ojos, quítate las telarañas, tienes que tratar de ser amable, cambiar, cambiar digo, ser otra ¿no? tienes que respetarme Que te sigan los clásicos lobos, los que cuando vienen las gringas por emoción te mandan a la chingada. Que te sigan los latin lovers like trini López from tijuana you know… ¡Y no me ensucies mis zapatos de ante azul ni te acerques a despeinarme mi melena que la uso nada más de protección para evitar a la gente que se cree decente como tú y tu hermano para eso llevo melena para no pelarlos a ustedes Círculos Viciosos, hijos amados de papá y mamá, y mis camisas a go go son para que veas que yo nunca uso traje negro de muertero, de los colores prefiero el violeta, pero eléctrico, joy joy joy joy. Claro claro que somos diferentes you ain't nothin' like a hound dog a square dog, a square dog-a what'd i say?

consecuenciaconsecuenciaconsecuenciaconsecuencia consecuenciaconsecuenciaconsecuenciaconsecuencia c o n s e c u e n c i a c o n s e c u e n c i a c o n - secuenciaena   es   que   entresala ondanenaqueentresalaondacadaovejaconsuparejanenacada ovejaconsuparejanenacadaovejaconsuparejaconsecuencianena tienesquehacerelamorconmigotienesquehacerelamorconmigo tienesquehacerelamorconmigotienesquehacerelamorconmigo tienesquehacerelamorconmigonenahacerelamorconmigonena hacerelamorconmigonena

No estudiaseresunvagoeresdelopior ya ya ya ya ya ya ya ya ya ya ya váyanse al carajo ya déjenmevivir en paz como YOOOOOOOOQUIERO y veo que mick jagger está botado de la risa leyendo la vida del buscón de quevedo

HUMBERDICK en su coche Valiente Acapulco anda cual ave nocturna desvelándose por cazar unas ninfetas se desvela y se desvela por atrapar una que otra ¿Logrará su propósito Humberdick? ¿Podrá esta vez SUPERDICK atrapar a Little Red Ridin' Hood?

Mientras tanto en cierto famoso lugar del mundo Mick Jagger está leyendo El Sueño del Infierno de Quevedus

Y Malí con su equipo de Ninfulonas se pasea por la zona rosa donde toda la gente babosa por él babea, qué bien me veo seguido de las MAGUE JETS, con sus capas sarapes de Santa Anna y escuchando voy las conversaciones que casi siempre halagan y consolidan mi vanidad Tengo un Malí que me costó 10,000 billetes. Es muy mono chulis, le hablé by phone, vino a la casa, ay tú Torcuata si vieras que está tan mono, tan mono. ¿Verdad que es bellísimo Marqués? Es tan pero tan cariñoso, llegó me abrazó y pues ya tú sabes, tan mono…

GET OUT OF THIS PLACE I DUNNO FRENCH I SAID GET OUT IF YA DUNNO WANNA ONE OF MY KICKS GET OUT FRENCH GIRL HOW IS YOUR M'OM THE FRENCH FAT WRITE' N' YOUR FATHE' THE FRENCH FOUNTAIN WRITE? HOW IS YOUR FRENCH? HOW IS YOUR FRENCH POEM 'BOUT SOLITUDE N' ISOLATION N' THAT PHONY N' NURD SHIT HOW IS YOUR PHONE, STILL RINGIN'? HOW'RE YOUR FRENCH FRIES? BUT NEXT TIME STUPID FRENCH GIRL i'm gonna ain't got nothin' to do-a go go to hell finkfreshgirl bye bye sweetheart, honey milk…

Plannin Revolution No. 100088231765432000 está diciendo su encendido discurso No. Infinito en cualquier parte, y yo que voy pasando muy hip le digo o te vas a la sierra o dejas de estar chingando déjate de pasteladas o pendejadas, pues de filosofía no sabes nada

i mira nena la prosima ves que tengas otro nervous breakdown ya no me hables por teléfono me enferman las que todo sólo por el sexo lo complican yo ya estoy mui libri de prijuicios ia superi mis complejos chaparroprietoburgueses pero pues istoi muy indicisa entre lanzarmi a fundu u nu. Digo… ¿Pero tú piensas? ia lii en francis los cuentus de jeningüi, ya leyí la amanti de laidichatelivoir pero ai dios istaba refueti…

—¿Qué te parece este pueblo nena, qué te parece esta gente?

—Aich nada más te la pasas pensando idioteces, sí sabes que estamos en el país de los 5 believers y los fifteen jokers no sé para qué hablas tanto… Me chocas, niño

—LUCIFERINA lucy in the sky with diamonds sweet ana Angelina

—¡Cómo pierdes el tiempo! ¿Eh? Pon un disco de los stones aich cómo me choca que la gente esté hable y hable y habla blablá pon NOT FADE AWAY…

—Ok

y estoy en el camino por la avenida constitución walkin' like a sad dog entro a una tienda y pido unos cigarros baratos pero que no sean Gratos tengo sólo un tostón thegirlfromtheestanquillo she's theblue-eyedgirl you know the girl that always is pushin' me but she looks so pretty very a go go n' she smiles sweetly y antes de que le pida los cigarros

—Pues de a tostón nada más Alas y váyase porque aquí no admitimos vagabundos

—Es que no he comido

Música triste de violines

—Llevo muchos días en el camino… necesito comprensión

¡Oh Alas! La música de los violines es triste triste triste —aich cómo muelen los vagabundos, si no te largas niño llamo a un Gris y muerde una torta y dice Toma tus cigarros Alas y vete a volar cómo me chocas…

sigo mi camino entre las luces de la ciudad la música de los tristes pero ay ay ay qué tristes violines me siguen enciendo el cigarro ay ay ay ay pero qué tristeza i've got nothin' to do a-here i'm cryin' i'm cryin' where's all my culture all my song books my poems where's my blue shirt where're all my girls that i've got oh oh i'm cryin' where yeah yeah la música de violines se hace más pero más triste yeah yeah she loves you she loves you who who who who oh oh oh oh

de veras estoy mal, me estoy sintiendo mal, ¡SEX SEX SEX! oh oh oh qué alucinación tengo un hacha en las baisas plas plas plas plas ¡Venganza a la mujer carne, a la mujer beef steak, a la mujer tasa, a la mujer masa! Arg, arg, arg i'm out of my head arg arg arg me asfixio ¡Mujeres siniestras! ¡Mujeres carne destruc-tora provocadoras de los bestiales instintos del hombre! ¡Tomen! ¡Tomen! Arg arg

y llega la nena a la cual le compro los alas

oye chiquito ¿no te da pena andar haciendo on the road cosas de loquito? ¿Eh? ¿no? ¿Qué who's talkin'? who who who who aquí estoy niño idiota digo nene ya deja ese complejito de daddy y mammy vuelve a tu onda niño ¿Cuál es tu onda? siempre fue… aich niño me enferman los discursos ¿y a ti? también enton's? it's bette' not to believe in nothin life's a naught so boy you've got to get a heart stone Pues mira niña pastel yo… Ya ya Yo yo ya niño idiota no hables tanto no seas tan crema mira ten esta grabadora y este paquete de Alas y ya ya ya ya te me largas niño idiota aich cómo me chocan los traumados oye niña no te vayas nena no te vayas aich cómo me chocan los rogones see you in december in october or anyway it doesn't matte' the day doncha think so, boy? Chao pastel y la nena se va y yo me quedo on the street

y llego al strip tease place a ver a wild thing she's so good n' she knows the show biz biz entro todo desconsolado pero al verla tengo un sueño de grande soy james bond y veo a Made in Suecia haciéndole señas a Wild Thing-a Wild Thing me está dedicando el show claro claro soy Yeimsbombom: from me to you. Ella lo hace muy natural camina muy desenvuelta una ligera sacudida al velito así muy bien wild ahora frente a mis ojos Wild Thing ella lo hace muy bien saben los four season cantan i've got you under my skin pero estoy muy pero muy cool bebiendo mi bourbon not in the street wild thing muy mona ¿saben? muy pretty pero con peluca güera ¿saben? she said she's from niuorlins chachachá vuelta y los velos vuelan dont you know little fool you never can win him very pretty n' all fuera casi todo menos lo que inevitablemente no se puede quitar o sea el cubrebollo y cuando veo que Made in Suecia le hace una seña me sale mi complejo o eres mía o te mato pues yo soy muy pero muy cábula saco mi pistola y muy fríamente muy pero muy fríamente pero de veras con una frialdad digo deben de imaginarse mi frialdad jamesbondesca para imaginarse cómo le disparé uno dos tres cuatro cinco seis shots engañosa todas las mujeres que están viendo strip tease se me lanzan wow wow wow you're really terrific los hombres me aplauden no cabe duda que soy bien pero bien cabrón como Sansón… Y escucho la voz de mi Ángel diabólico ¡Aguas idiota no te creas tanto puede venir Dalila she's on the road! Y Wild Thing ya casi tronada me dice entre cantando y entregando el equipiux let me tell you 'bout the byrds n' the flowers n' the trees… enton's qué chiquistriquis…

¡Para eso traigo la melena, sansón soy yo nena, y esta vez te la pelas! ¿Te gustan de oro mis mancuernas?

¿Te gusta mi reloj de oro? ¿Cómo está la familia? ¿Qué tal la escuela? ¿Tú también quieres cultivarte? la mujer de hoy ¿no? Eres una mujer moderna pero por please de vez en cuando ve qué pasa en la cocina digo nada más para que te acuerdes porque habías estado toda la vida allá digo es por eso que ahora eres tan idiota ay si eres muy culta ¿no? Come on idiot' Show me yourself? stupid turd nurd farsante tasa vaso anillo vaso número coche trompo

y estoy oyendo una canción conmoción distracción seducción controlación manifestación situación amoración acción pasión doloración apastelación shotación reducción transacción insatisfacción canción canción si ves en romeo su carita es que crees que es la perfección pero es que eso nena implica que algo dentro de ti anda funcionando mal de veras nena es algo que yo sé no me pidas por favor explicaciones no nena por favor no ya no no no puedo decirte qué voy a hacer mañana por ti hoy no te lo puedo decir no siento melancolía dentro de mí en realidad puedo ser chucho el roto o pancho villa

pero nena no soy contador para ofrecerte una casa o una lancha de motor no nena ya no puedo ocultarte mi amor, quiero que esta vez seas mía no por favor no nena no ¿quieres ser mía hoy? no dejes que te prometa cosas no nena no te quiero prometer nada esta vez

estoy socavando tu sexo viendo tu cueva estoy diseccionando científicamente tu sexo analizándolo ¿qué hay? tu vello pubiano lo estoy sintiendo fino áspero socavando tus entrañas ¿qué hay? tu sexo abierto algo que podría coleccionar guardar en una caja de cristal junto a mis trofeos deportivos: Epic Aris campeón de navegación en tus profundas aguas tú siempre estás viendo agua mares en tus sueños mares violentos no el mar quieto al atardecer cuando el sol cae en el horizonte ¿cuántos trofeos como el tuyo quieres que coleccione en mi vida? ¿Quieres que hagamos del amor una suave batalla entre los cuerpos? Que yo te venza no yo no te voy a vencer obviamente no soy napoleón lo oyes yo más bien por lo de la greña claro debo de ser Beethoven i roll over beethoven nena a mí tu sexo tu sexo tus senos tu cuerpo salto salto sobre ti así a mi hermana le tiré todos sus retratos para que no siga jugando me oyes no

y voy por la calle sintiéndome very alone caminando como un joven pero mas no risueño y un letrero a una pared veo: una nena muy agogo ofreciendo Alas Con AAAaalaaaasss se sentirá en el cielo Fume Alas Alas Dios mío mío ay ay ay qué solo estoy y la mía no veo qué hacer cuando no se tiene dinero seguir los consejos del letrero ay ay ay ay a veces las cosas no veo ay ay ay qué me está pasando todo está girando voy como un pobre diablo viviendo del público que se compadece de mí por estar sordo de mis ojos o ciego de mis oídos oh oh oh oh fuck, man qué difícil es vivir de veras qué problemita es esta cosa de la vidita Veo otro letrero será verdad o será una alucinación qué será qué será ¿melón o sandía o la tía de sofía? ¿No gusta Alas? no le hago caso al letrero pero en realidad ya no hago planes ¿para qué hacer planes? y en mi cuarto de ya famoso e inmortal pedestal estamos los rodantes: the beach boy el conejo howl made in suecia apolo barón polaco el flaco el tripón el rey y todos embenedictinados y embarcadizados y enmotados estamos oyendo aftermath (long play de los rolling stones) todos eufóricos oyendo por milésima vez stupid girl y luego Paint it black y luego think think be my babe think think y luego i'm waitin' i'm waitin' más o menos son más de las cuatro como allá en nueva orleans dentro de poco amanecerá y luego good vibrations de los beach boys todos chasqueando los dedos bebiendo más bacardis more n' more otra benedictina sí gracias gracias flaco y llevando el ritmo chasqueando los dedos muy eufórica pero controlada la cosa nadie quiere sacar a nadie de su onda

y amanece un sol radiante el día está lleno ¿De qué? ¿Qué? Ya amaneció ¿Y? No hagan planes no hagan planes no hagan planes los planes valen lo que los burdeleros padres digo en realidad como dice la naquisa valen madres los planes digo para qué hacer planes para qué carajos hacer pinches planes digo lo que sea que suene y alguien trae una botella de vino y seguimos chupando hasta que uno a uno vamos al señor excusado a güacarear… sí sí carajo ya no no no vuelvo a inflar puta carajo me está llevando la chingada carajo carajo puta qué sol no más ya no digo no hagan planes carajo me lleva la chingada estoy jodidísimo carajo ya no puedo vomitar por más que me meto el dedo no puedo carajo me está llevando la chingada calmado

calmado la cosa es calmada cool cool cool cool cool cool cool
cool cooooool man coooool

SEGUNDA PARTE

Luces multicolores sobre ella ¡Oh qué bella te ves mi amor!
Believe me believe me believe me y luego canta una composi-
ción mía

     nene sigue tu onda
     nene no sigas nada
     si estás afligido
     si estás enojado
     ve a tu mejor amiga
     ve a Dulcinea María
     Ella te trata bien
     Ella sólo te escucha
     Nene sigue tu onda
     Ve al bosque
     corta flores
     corre sobre el pasto verde

Los actores proletarios la bajan del escenario y nos gritan ¡Fuera
de aquí fuera de aquí burgueses parásitos decadentes!

De pronto la alucinación se va y estoy en el coche de Sadito
vamos los que ruedan ruedan por el Paseo de la Reforma
oyendo Well I told you once and I told you twice But ya' never
listen to my advice You don't try very hard to please me with
what you know it cuould be easy… Sí nena muy fuera de onda,
cuando yo voy por las calles buscándote, nena ven vamos un

rato a divertirnos, los dos juntos en la onda… Y cuates y nenas con cartelones We Louve You Epic Nosotros no somos fresas Nosotros estamos en onda Nos Gustan Los-Que-Ruedan, las nenas con flores en sus cabellos We like love not war We love Bob Dylan We like the Rolling Stones Angelina María cantando Pasto verde rodeada de cuates que queman incienso nenas bailando en una pirámide yo green grass

cantando Well I'm sorry girl but I can't stay feeling like I do today It's too much pain and too much sorrow… las nenas bailan, los cuates reparten flores a los adultos que se bajan de sus coches y contemplan el ESPECTACULOANTIFRESA MAKE LOVE NOT WAR… Oigo Radiocentro ¿quién le cambió? Clic. Me sacaron de mi onda les digo. Perdón maese. ¡Qué onda! Pero qué onda

El Amo el conejo otistlán howl ed pirez sadito todos tranquilos viendo los árboles el movimiento coches avanzando lentamente ¡Chao Tláloc te portas bien!

me estoy sintiendo solo y en mi alma no tengo nada yo sinti no vivo nena tú vienes atrás mientras que yo aquí estoy en el camino padeciendo nena tú no quieres seguirme nena si tú no quieres seguirme no te voy a rogar es mejor que yo busque distraerme trate de olvidarme de ti yo seguiré mi onda yo seguiré mi onda

y en mi cuarto todos los rodantes estamos cantando Juana Juana Juanita nena bonita nena bonita ven amí Oh Juana Juana Juanita nena ven amí Juana Juana Juanita ven a mí Hoy que me estoy sintiendo solo nena Juanita ven amí…

tres largas horas de ausencia de aparecer y desaparecer por este mundo y yendo por el camino sintiéndome un joven y triste perro me encuentro a mi amiga Martha Snop quien desde su coche por mi nombre me llama

—Epicuro, Epicuro, aquí estoy

—¿Quién?

—Epicuro

—Ah, ése soy yo. Ah, hola Snop

—Sube, tengo mucho que hablar contigo de libros, pinturas y demás cosas culturales que siempre nos han interesado a los dos

Subo

—Tanto tiempo sin verte, Epicuro

—Estaba enclaustrado en mi cabaña escribiendo una obra de teatro titulada El Paraíso de los Pasados…

—Oh qué bonito título, es muy poético… como tú…

—Gracias, gracias Martha Snop, pero esta vez en vez de que platiquemos de libros vamos a hacer el amor… El amor, Martha

—¿Qué?

—Que pasemos un rato juntos en la cama…

—¿Qué? Baja de mi auto, después de todo, Epicuro, eres igual a todos fuchi, fuchi…

—Pensé que como eras ávida lectora de libros eras una chica desenajenada…

—¡Sí, sí, eres igual a todos, a todos nada más pensando en eso, creyendo que todas que todas son unas putas! ¡Fuera de mi auto Epicuro Aristipo, te insto!

—Okey, Snop, pero tú aunque te creas muy culta en esto del sexo sigues igual de bruta que todas. ¿Qué el sexo es malo?

—Yo no soy una cualquiera

—Pero eres mi amiga y te puedes acostar conmigo, yo sé hacer el amor…

—No, no, fuera de aquí demonio, fuera de aquí, nada más pensando en la carne como todos, fuchi, fuchi, vade retro belcebú…

—No seas tímida, amiga, sex is great fun if you know what i mean…

—No, no y no y baja

y de su carro echado camino por la avenida insurgentes como un perro agachado enciendo un cigarro de a cincuenta centavos y me transporto con mis botas peter pan a la casa de Sofía donde su mamá Eleanor Rigby baila con un cura de la parroquia y su papá don Napoleón el chico dice su discurso No. 6969 sobre cómo los judíos a través de Wall Street tienen dominado al mundo en asociación con los rusos comunistas e insta a la multitud a que volvamos a la economía azteca y su hermano Círculo vicioso lee y repite en voz alta el artículo 29 del Código Fiscal, fracción II, dice Tienen responsabilidad objetiva II Los que adquieran negociaciones comerciales... El artículo 29 del Código Fiscal, fracción II... y mi bella chofis está en su recámara acostada y yo

—Hola, amada mía...

—¿Qué haces aquí, Epicuro?

—Nada, nena, nada, no temáis que no soy el fiero cronista de la ciudad Carlos Snake, de esta noche que estaré contigo nadie lo sabrá...

—Sal, sal, que nadie me puede ver antes del matrimonio en ropa íntima

—Es que tú me enciendes, Sofía, y yo quiero que tú a toda costa seas mía, soy capaz de cualquier cosa con tal de que una noche tu alma esté junto a la mía, todo, todo por una noche, Sofía...

—No, no, no, aleja esos insanos pensamientos de tu yo, no me traumatices ahorita que estoy leyendo un libro de Higiene Mental...

—¿Me quieres?

—Sabes que sí, Epicuro, tú sabes que te amo mucho, pero que no puedo ser tuya...

—Mi deseo es muy fuerte, ya no quiero ser tu amigo, sino quiero ser tu amante, tu amante, nena...

—Dios, Dios, no quiero pecar, no quiero pecar, mi alma se iría al purgatorio...

—No tiembles, no tiembles Sor Chofis...

—Es que tú me das frío, digo con tu presencia siento calosfrío, vete Epicuro, te lo imploro...

—Mis ondas, nena, estás sintiendo mis ondas y yo quiero que esta noche seas mía, te necesito déjame acariciarte…

—Pecadora seré, pecadora seré, pero es preferible ceder a resistir este cruel tormento… Oh, oh Epicuro Aristipo, eres eres el demonio…

—Y tú, nena, por favor, no seas tan fría, más candela, más fuego en el abrazo…

—Te amo, te amo…

Y cuando de la recámara de Sofía salgo y escaleras abajo voy su mamá Eleanor Rigby sigue bailando con el cura y su papá infatigable cotorreando sobre la conspiración judía y su hermano Círculo Vicioso sigue leyendo el artículo 29 del Código Fiscal

y de pronto estoy convertido en un fanático muralino de avanzadas ideas retrógradas diciendo a un auditorio de monjas curas caballeros de colón y demás cuervos raros que pululan por los lados más negros de la oscuridad

¡defended jóvenes que aman el espíritu aguerrido de Hitler Defended os digo el sacrosanto honor de vuestras hijas no dejéis que bailen esos satánicos bailes de greñudos degenerados viciosos y decadentes comunistas no dejéis que cambien a vuestras hijas no dejéis que Buda entre en vuestras casas Buda era comunista (seguir a nuestro presidente Fouchaz que secretamente está de nuestro lado gracias a Dios con él conquistaremos la tres veces heroica patria Nacotitlana) tenemos fe en el Mariachi Sagrado tenemos fe en los misterios del reino tenemos fe en Isabel la Católica! ¡Mueran los jóvenes podridos! Y con mis turbas mochas u fanáticas me lanzo a la calle a rapar rebecos y a vestir de monjas a las nenas a go go Y luego el Presidente del Club Laicos por Fuera pero Creyentes por Dentro me dice

—Epicrudo

—Epicuro por favor señor…

—Es que apenas empecé a tomar clases de español…

—Sí señor presidente, lo entiendo

—Aunque no tengas nombre cristiano sé que como yo eres un fanático de la fuerza… de espíritu y tu audacia me conmueve pues estás luchando por la patria de los hermanos maristas y hermanas conchitas ¡Viva Dios que ahora está de nuestro lado! ¡Viva el joven nacozofilogamado!

Las monjas y los curas se levantan y aplauden y gritan

¡Viva Cristo Rey! ¡Nada de Sexo en la Juventud sin ley!
Y despierto del sueño ¡Oh Dios no, qué horror!

Sí claro nena tú no has cambiado sigues como hace mil años eres una cosa salvaje y cara ¡de alarido nena! No te conmueve nada eres muy cool claro crees que yo debo trabajar y trabajar para ponerte el mundo a los pies quieres que tenga Mustang y Casa en el Terregal y me llame Junior hijo de Don-Rata-Adine-rada-por-ser-político-importante-en-el-país-de-las-mil-transas quieres que use ropa Made in Usa y que tenga diariamente quinientos pesos en la bolsa para merecerte para que tu papá y tu mamá me acepten y me dices a diario cuando te pido que seas mía que hasta que no te dé un anillo de compromiso de diamantes entonces sí me demostrarás tu amor no nena no así ya no te puedo seguir saludos a papá y a mamá que te han hecho tan decente en la vida saludos a toda la familia porque yo ya no te voy a seguir Fresina prefiero andar en el bosque cortando el pasto y cortando flores a seguirte tu corazón es una alcancía dinero y dinero y dinero es tu palabra ya basta aprende a amar sé un poco más sensata más complaciente entiende lo que te quiero decir cuando te digo que te quiero amar no quieras ser sólo mujer sé un poco más sensata más compla-ciente entiéndeme bien cuando te digo que te quiero amar si no cambias no te voy a seguir yo no ando comprando amor

Consecuenciaconsecuenciaconsecuenciaconsecuencia

Sí nena amar amar yo me estoy debilitando saliendo de mí te estoy pidiendo que vengas que seas mía nena ya no te lo puedo ocultar tienes que ser mía Te necesito nena no me dejes caer quiero hacer el amor contigo nena ven nena ven ¡Te necesito a mi lado a mi lado nena! ¡Los dos estaremos contentos, satisfechos satisfechos nena! Deja que te demuestre mi amor Deja que te ame nena

Rocío va pasando frente a mi ventana yo estoy en mi cuarto con mis cuates cotorreando de ella estoy enamorado Oh no no no no te veo Rocío y mi cuerpo se empieza a estremecer mi cabeza se empieza a nublar no Rocío ya no te puedo querer tanto
    y de pronto estoy frente a su balcón cantando
    one night with you is what i'm now prayin' for...
    Sí, Rocío, sí mi amor sólo una noche contigo una noche todo lo que en una noche podríamos realizar ya me enfermó eso de que tomaditos de la mano y besitos y todo eso ya estoy enfermo de que no nos podamos amar bien ¿Te imaginas Rocío los dos una noche juntos? ¿Oyendo canciones de Elvis? Cotorreando el punto yo fumando los dos bailando I Need Your Love Tonight A Big Hunk of Love Good Rockin' Tonight ¡te imaginas nena qué onda! ¿Eh?
    pero vuelvo a la realidad y Rocío va llegando a la esquina y yo viéndote desde mi ventana porque el día de ayer me viste que estaba borracho y me dijiste que no querías tener un novio tan rebelde como yo y yo diciéndote nena por favor olvídalo y tú no Epicuro eres de lo peor y yo diciéndote nena hacemos una pareja a todo dar diciéndote no sabes lo padre que es para mí ir por ti a la escuela y caminar por las calles abrazados y hablándote sobre los últimos éxitos de Elvis
    ¡Rocío no me cortes, te lo ruego, sin ti nena no puedo vivir, te lo ruego nena!
    on the road estoy viendo el cielo y de pronto estoy ubicado (sentado) en una butaca de un teatro de revista los actores en fila india vestidos de proletarios cantan

¡Morirán morirán
tronarán burgueses
tronarán!
¡Vendrán los proletarios
y os acabarán!

a la izquierda sobre una columna una gorda vestida de ángel en la mano derecha tiene un martillo y en la izquierda una espada y del lado derecho otra gorda con su diestra sostiene una hoz y con la siniestra un fusil vestida está también de ángel yo estoy vestido muy inglés con guantes blancos y de smoking acompañado por Marianne Jane que viste queridos lectores un bello vestido blanco escotado y una estola de plumas de avestruz muy burguesa la nena n' she looks so fine you know

y de pronto el solista avanza y señalándome canta Ha llegado tu hora burgués Ha llegado tu hora cero y van tres morirán cantan los coros morirás morirás aplastado por la revolución y entonces me levanto del asiento y le pregunto

—I beg your pardon, sir?

mujeres vestidas de obreras avanzan hacia el proscenio llevando carteles Muerte burgués Muere ¡Viva la Patria Proletaria! Y entonces le digo a Daisy que les cante una canción Daisy acepta y al escenario sube cantando You don't have to say you love me, just be close at hand, you don't have to stay foreve', I'll understand believe me, believe me

viendo discos de Bob Dylan en una discoteca a mi lado aparece una nena que por la facha de hipster ella no es de este país Estoy viendo la portada de Bringing It All Back Home

—Es padre —me dice

—Sí

—Listo para desaparecer en mi propio desfile ¿Eh? Grande

—Sí

Y el príncipe y la princesa discuten lo que es real y lo que no es… Bob Dylan está en onda, es el padre, Mr. Tambourine Man es padre, las brumosas ruinas del tiempo, ella habla como el silencio sin ideales ni violencia, pasto, hombre, pasto

—¿Pasto?

—Sí, pasto verde, ¿no has probado? No, no hay verdades afuera de las puertas del paraíso…

—¿Cómo te llamas?

—Grillo

—¿Grillo?

—Sí, me siento un grillo y por eso me llamo Grillo

—Mucho gusto Grillo, pues yo me siento un estúpido y me llamo Estúpido

—Eso está bien, cada quien debe llamarse lo que se sienta. Tampoco has probado el ácido

—¿Ácido?

—Estás fuera de onda, en Frisco, yo soy de ahí, ahí está la onda. Es padre, es algo que pasa, que sólo pasa en ti. No hay reyes dentro de las puertas del paraíso… Y otra onda, hombre, unos te hacen más pequeño y otros más grandes, los sagrados, hombre…

—Debo de confesar que me creía en onda pero que ahora estoy fuera…

—Adiós y reflexiona

—Okey, chao nena, chao Grillo de Frisco…

Sí nena yo estoy solo pero dime ¿cómo has estado acostumbrada a amar? Dime ¿cómo te han enseñado a amarme? Dime el amor que hacia mí tus padres te han inculcado. Dime ¿cómo me has visto siempre? Dime lo que tus hermanos piensan de mí claro nena a veces te entra lo sentimental y lloras por no estar junto a mí sabes que lo único en mi vida eres tú y tú amándome a medias llena de prejuicios idiotas y convencionalismos mientras que yo gritando gritando que estoy solo y tú muy calmada repitiendo que amor es todas aquellas fórmulas viejas que te enseñaron en la escuela de monjas en tu hogar Dime si papá y mamá se aman dime si tú amas realmente yo estoy solo y tú con los ojos cerrados exigiéndome seriedad y honestidad cuando lo único que estoy pensando es que estemos juntos nena yo fuera de mí y tú diciéndome que soy muy exaltado nena aprende a ser sincera por favor aprende a amarme con claridad no me ames a medias no me des ese tipo de amor que no lo necesito ámame bien sólo tú puedes darme amor nena estoy solo quiero que estés junto a mí no me dejes solo nena no me dejes solo no me dejes caer no me dejes caer nena sólo tú puedes darme amor nena estoy medio enfermo necesito amor nena ámame por favor te necesito nena necesito estar tranquilo necesito que estés junto a mí sí nena he estado mucho tiempo solo nece-sito tu simpatía sí nena junto a mí cerca de mí debes sonreírme siquiera nena dame bien tu amor aprende el amor conmigo aprende lo que no te han enseñado a no estar sola sí nena ven a mí dame tu simpatía dame tu amor tu amor nena tu amor...

y cuando de las nenas fresas estoy decepcionado porque ellas prefieren las convenciones a lo que a mí me interesa como gato frío pongo un disco de los Rolling y al rato Angelina está bailando en mi cuarto la canción Yendo a Casa yo viéndola vestida de mini she looks wow! y yo le estoy cantando nena he estado mucho tiempo fuera y ahora que regreso quiero que me trates bien quiero verte porque me siento bien estoy muy tran-quilo ahora de regreso a ti quiero ver tu cara nena quiero ver tu sonrisa voy hacia ti nena quiero verte ya no puedo esperar ya no puedo esperar ya no puedo esperar más tiempo tengo que verte nena quiero verte para sentirme bien estoy de regreso y quiero verte para sentirme bien quiero que me trates bien que hagas que me sienta bien ven nena ven así nena así nena muy bien calla nena me siento bien quiero que me trates así así nena mucho tiempo así mucho tiempo así quiero ver tu sonrisa tus bellos ojos tienes que amarme bien tienes que hacerme sentir bien adentro me siento bien muy bien nena quiero ver tu sonrisa tus ojos abiertos vamos nena vamos está bien me estoy sintiendo muy bien eres muy dulce nena sabes ser muy dulce nena me tratas bien muy dulce nena eres muy dulce nena así así está bien… Angelina desaparece… Early in the morning I'm gonna catch that plane… It won't be, it won't be, it won't be —la voz de Jagger encendida— a long, long time… Such a, such a long long time… I feel alright! I want to see my darlin' make sweet love… si yo fuera Jagger y mis cuates que ruedan los Rolling Stones si México fuera Inglaterra qué ondón nosotros rocanroleando las nenas delirando por nosotros pero yo no soy Mick Jagger ni mis cuates los Stones y aquí en México (EL VALLE DE LAS MIL TRANSAS) nosotros vivimos como en un pueblo todas pero casi todas las nenas son unas rancheras…

MÉXICO: PARAÍSO DE LAS FRESAS

encarcelación insanación intraumatización inmediatameditación consecuenciación

trata de ser buen chico escucha atentamente al maestro el cinco de mayo recita versos no contradigas nada no critiques nada no abandones las consignas si ves que te persigue la tira saca tu credencial de miembro del partido revolucionario si te estás perdiendo no trates de usar calmantes es mejor que veas por tu ventana la trabajadora social le está preguntando al policía auxiliar lo que mañana y tarde te pasas haciendo tienes récord de golfo e insano nene por favor ya no sigas quemando incienso es inútil no verás a Dios es mejor como los burros comer pienso no te ataques con nada no delires ve a Irapuato y recolecta fresas dale rosas a tu nena poemas a mamá y a la maestra péinate como hombre no uses ajustados los pantalones inscríbete a un club deportivo juega polo juega golf juega fut aprende a bailar calipso aprende a bailar vals aprende a saludar aprende a no soñar ve al servicio militar aunque sepas que contra nada tienes que pelear estudia toda la vida para que termines en una oficina dile a toda la gente que sí es más conveniente un puesto de médico en el seguro que andar de agitador es mejor ser de algún partido para que no pierdas el tino es mejor sonreírle al presidente que recordar los incidentes de Río Blanco y Cananea es mejor decir que Morelos está muerto y que su espíritu vive en nosotros a decir que los ideales de Zapata para nada se cumplieron es mejor que navegues con el viento es mejor aplaudir a los líderes obreros de gafas negras que ir en una julia soportando el olor a tequila del policía y los macanazos de los demás tiras y es mejor ser un naco influyente ladrón y vendido no tener ideas no tener cerebro vivir dentro de la cofradía que no seguir nada y vivir al día es mejor ser gente limpia parecer gente decente y regalarle flores el día de su cumpleaños a la nieta de Obregón, Calles y anexas

ʼPorque nena no es fácil vivir como tú quieres porque todos quieren que vayas por la ruta que ellos quieren y cuando tú sólo quieras vivir contigo misma no nena de veras que no es fácil ¿en qué ruta andamos nena? Dime por favor te digo que no es fácil todas las mañanas cuando despierto alguien tiene una luna colgada frente a mi ventana y el policía de la esquina la señora de la tienda ya no me quiere vender cigarros y toda la gente nada más por la greña me está diciendo que soy del otro bando y ayer que me metieron a la delegación el agente del ministerio público en vez de ayudarme me robó el pantalón y luego claro el juez me condenó a quince días de cárcel por dizque faltas a la moral te digo nena que no es fácil vivir como tú quieres y más aquí en el paraíso de la transa de veras nena que no cuando me estoy sintiendo bien llega tu mamá y me dice que a fuerza me he de casar contigo y nena ¿dónde quedó mi libertad? ¡Oh no!

Nena por favor no me dejes caer, nena por favor no seas así, nena no me dejes caer otra vez! ¡Espérame nena! ¡Espérame que ahí te voy!

Pasto verde consecuencia nena vamos a casa consecuencia vamos a pasar la noche juntos consecuencia hold on iʼm comin' hold on i'm comin'! hold on i'm comin'! consecuencia ¡Auxilio, auxilio, auxilio! Elevado elevado consecuencia nena vamos a pasar la noche juntos, nena vamos a casa, nena vamos a casa, nena vamos a casa ¡Nena vamos a casa! ¡Nena vamos a casa! ¡Nena vamos a casa!

AFTERMATH AFTERMATH
CONSECUENCIA

Y ya no llores nena, digo, me enfermas cuando lloras, digo, ya no te voy a hacer caso si vuelves a llorar, eso es chantaje nena, entiéndelo, por eso uso lentes oscuros, para no verte llorar, y tus palabras de amor, bah, ¿a cuántos se las has dicho? ¿a cuántos se las vas a seguir diciendo? ¿a cuántos les vas a seguir predicando tu decencia? ¿a cuántos? Para mí eres un cero a la izquierda eres un objeto inservible, ya no funcionas, eres un trasto antiguo, una chuchería de bazar. Llora anda nena llora, llora como lo has hecho siempre, no cabe duda que interpretas muy bien tu papelito, digo, lo llevas a cabo a la perfección, ¡farsante!, nada te falla, ni el pestañeo ni el tono de voz, nada, eres genial como actriz ¿quieres trabajar en una telenovela? ríete ahora de mí, veme en la calle y ríete de mí, ojalá estuviera muerto ¿verdad mi vida? Todo fue muy bonito verdad Claudia. Digo, yo era tan idiota que no te comprendía. Yo lloré por ti ¿sabes? yo te pedí veinte mil veces que volvieras a mí te dije que te necesitaba, que mi vida era nada sin ti ¿Qué aprendiste en los libros de filo-sofía? Nena aprendiste a huir de mí. Claro, yo en este país soy un elemento folk. But i know that i'm not clean, i know that babe. Claro, nena, parezco pordiosero, limosnero de cantinas, pero yo a los camiones me subo a cantar mis canciones rancheras, yo nena ya no sufro por ti, Claudia, eres una mujer más en mi vida y quedaste atrás, las mancuernas que me regalaste el día de los novios las tiré al bote de la basura ¿qué te parece nena? Chao nena, sigue buscando a Círculo Vicioso, él que te dé lo que tú quieres y por favor dime ahora ¿quién es el siguiente? porque yo prefiero estar solo a encontrarme a otra como tú, prefiero cerrar los ojos a ver otra que me recuerde tu cara. Es mejor estar solo a mal acompañado. Así es la vida nena. Tú te quedaste en algún lado, yo sigo en el camino soñando con Daisy Clover ¿qué te parece mi amor? Yo no te digo que te mueras porque desde hace años tronaste como cohete, desapareciste del mapa. ¿Dónde estás que no te veo? ¿Dónde estás mi dulce amor? Voy por la avenida Progreso fumando un cigarro Alas y mis botas Peter Pan se alocan. ¿Dónde estoy? En el departamento de mi viejo amigo Tamarindo. Además de él están Cassidy y El Barrigón

—Hola locazo

—Qué pasa mordelón

—En la onda flaco, en la onda

Me presenta a su amante y a una amiguita

—Mucho gusto. Epicuro Aristipo (a) El Rey Criollo para servirles a ustedes y a la comunidad

La amante me da una cerveza

—No, gracias, no tomo —muy respetuosamente le digo a la queridona de mi amigo Tamarindo

Todos están medio alumbrados —Vieja show, show vieja —dice Mordelón—, show parar los cuates, no te me hagas la hawaiana

—Sí hombre estamos entre cuates —dice desde un sillón el siempre tímido Barrigón

Tamaro pone un disco. Nereidas de Acerina y su tremenda danzonera

—Órale vieja a guapachear

—Yo no —dice la amiga

—No seas típica —dice el Panzas

—Estamos entre cuates —dice Cassidy

La queridona de Tamaro empieza a guapachear, y él se sienta en su sillón preferido:

—Órale vieja, así me gusta

La amiga se anima a danzonear, por Dios qué rima, pero yo sé que a la prima por cuestiones morales no se le arrima, después de este cotorreo sigo narrando lo que estoy viendo y oyendo. Fuera suéteres, wow, wow. Mike Laure canta: yo soy como los vampiros que salen al anochecer. Vampiro, vampiro, te chupa el vampiro… Fuera blusas. Que qué show doble, de veras qué show…

—Órale tú checoslovaca más sabor —le dice Tamaro Muelas a la amiga de su queridona

La amiga obedece, bebe un trago de cerveza y con lentitud y torpeza empieza a bajar el cierre de la falda

La queridona se quita la falda

—Easy vieja, easy o te madreo —dice Tamaro

El Barrigas y Cassidy palmotean

—Órale gallega, no te me achicopales, más sabor, más sabor… —dice Fruta Café y luego se para a bailar con su concubina y agrega: —No se me raje vieja

—Yo ya no —dice la amiga

—No seas ranchera —le dice el Barrigón— si quieres yo también me encuero, me vale madres…

La amiga se arma de valor, cierra los ojos y fuera falda

—Eso, eso —dice el Barrigón…

(Te acuesto y mi máquina penetra en tu herida, mis manos te aprietan los senos, te muerdo los pezones, te aprieto con dos dedos un pezón, luego te paso la lengua suavemente en tu vientre, te muerdo el monte de venus, mi lengua en tu abierta, tus piernas apretando mi cabeza, me voy extraviando en tu caverna, te volteo, luego la pose clásica de perrito, luego de orillita de cama, luego tú besando mi sexo, Oralia la prostituta del burdel La Malinche maestra en tocar trompeta, maestra de las veinte mil poses, cosa de precios, traigo trescientos ¿Qué me vas a enseñar hoy? Sabes, me gusta por chicuelinas y me gusta darte el beso negro y me gusta que tú Oralia me des el beso negro, Señora Pleasure buenas tardes, vengo a que me enseñe algo nuevo La señora Pleasure, dueña de un salón de belleza, feliz, la señora que tantas cosas nos enseñó a los cuates de la Narvarte, la colonia más mediana de las colonias de la clase media. A mí, al filósofo Epicuro Aristipo. Y te recuerdo Chata, la sirvienta que me enseñó a coger. Y también a ti Catalina. Yo debajo de la cama. Mis amigos haciendo cola para entrar a coger contigo. Y tú Catalina diciendo tú no porque me caes gordo, tú sí, apúrate, ándale, yo contigo no siento nada. Y todos en la calle de Xochinaco tras de ti: órale órale Catalina un ratito aquí en el llano. Todos buscándote en la noche Catalina. Y en fila tras de ti hacia un terreno baldío. Yo contigo en una casa en construcción, los demás cuates echando aguas, esperando su turno…)

—… órale no seas ranchera —le dice el Barrigón a-la-amiga-de-la-querida-de-mi-amigo-el-que-trabaja-de-agente-de-trán-sito…

Y estoy en el coche de Mary Jane, la güera divina, oyéndola hablar de su amante, estoy viendo sus ojos verdes, deseando abrazarla, estamos oyendo Levántate no pidas más perdón olvida que un día me conociste, y mi novia la square dog va por la banqueta de la mano de otro, y yo me imagino que estoy haciendo el amor con Mary Jane, Mary me está dando su ternura. Mi square dog estudiando psicología, Consuelo estudiando psicología, mi fucked up mind y cierro los ojos y voy por el centro de la ciudad, son cerca de las cuatro de la tarde. Veo una nena que está frente a un aparador de roma muy a go go. Me ve

   —Hola —le digo
   —Hola —me contesta
   —¿Qué haces?
   —Nada
   —¿Sabes qué?
   —¿Qué?
   —Vamos a robarnos un coche
   —Okey…

Nos robamos el coche. Nos sigue un agente de tránsito en moto. Lo mato a sangre fría. Vamos por la carretera a Cuernavaca, oyendo cuac cuac de los ventures. } Llegamos a un motel. Hacemos el amor. Salimos. Entramos a un supermercado y robamos comestibles. Vamos para Acapulco. Llegamos. Vamos a una colonia proletaria. En el mercado robamos unos trajes de baño. Estamos en la playa. Pedimos algo de tomar. Nadamos. Pasamos la tarde recostados sobre la arena. A mi nena le cae un borracho, mi nena bebe con él y le saca los centavos cuando lo deja out. Le quitamos las llaves de su coche un impala 67. Vamos al hotel donde el vejestorio se hospeda, hacemos el amor en la cama de su cuarto, con una tarjeta que le robamos vamos a un club privado, nos hacemos pasar por hijos del vejestorio. Bailamos. Mi amiga vacila a los millonarios. Les hablo a las nenas de allí de mi enorme fortuna, de mi crucero, de mi casa en la costa azul tipo renacimiento. Bailo con mi amiga a go go. La policía llega. Salgo corriendo, detienen a mi amiga. Saco mi pistola y disparo. Corro. Me persiguen. Unos reflectores me descubren entre la oscuridad, me balacean, caigo en un charco, la policía se acerca, logro escuchar las palabras del sargento

—Murió como lo que era

—Un perro —dice el vejestorio

Mi amiga ocasional se acerca y llora. Far out! ¡Qué ondón!

Y voy por la avenida Amargura esquina con Callejón Sin Salida sintiéndome very very alone, solo, solo, solo. Mi cuervo duerme en mi hombro derecho. Llego a casa de Ternura. Entro y la veo leyendo un libro

—¿Qué lees?

—Los cuentos del maestro…

—Ese señor ya está out, digo, la gente ésa de la que escribió ya tronó por qué mejor no te acuestas conmigo, it's better than that…

—Yo soy provinciana y como tal soy recatada, muy buena provinciana… Te veo mal, Epicuro…

—Estoy de poca…

—No creo…

—Sí, de veras, únicamente me falta hacer el amor contigo…

—Epic, ya deja de pensar en la piel, eres, como dijo alguien, un trompo

—Ese alguien que chingue a su puta madre el jide o la jide puta. La gente siempre habla a mis espaldas, pero yo vengo porque me quiero acostar contigo

—Fuchi, fuchi, eres pura piel…

—Sólo te estoy pidiendo una noche

—No no, qué horror, qué confusión, si el amor es una mutua entrega, tú con tu desesperación lo derrumbas todo…

—Okey, chao, me voy ya que tú eres tan tímida, amiga mía, sigue leyendo y me platicas el final del cuento, chao, chao Ternura

y me voy silbando te tengo dentro de mi piel… Alright! y una nena me llama…

—¿Quién de mis tantas mujeres eres?

—Sex is hot as hell

—Oh oh oh oh, nada más de escuchar tu nombre se me enchina el cuerpo

—¿Cómo has estado, enano?

—Bien ¿y tú?

—Bien, pero sabes enano, tengo celos de ti y quiero vivir contigo

—Pues yo no

—Eres un ególatra. Nunca podrás amar a una mujer… Te crees mucho

—¿Cuándo nos acostamos?

—Nunca

—¿Por qué?

—No me das el ancho, no tienes experiencia

—Mi experiencia es muy angosta, pero…

—¿Vas a casarte conmigo?

—No estoy loco

—Eres de lo peor

—Sabes, anoche soñé contigo, digo soñé que era supermán y que te daba mucha batalla, planeaba en el aire y zas, planeaba y zas…

—No sigas que me excitas…

—Y luego me hacías un strip tease, y luego en la cama me tratabas bien, no te olvidabas de mí como siempre que hicimos el amor… Siempre que hacía el amor contigo me sentía IBM Pleasure Machine… Ah, a propósito ya me compré el Jardín Perfumado y en cuestiones de sexo ya me estoy volviendo una flecha…

—No sigas…

—La fiera del water bed wow. Phallus The First
Soy fuego puro fuego…

—Wow. Mmmm…

—Fuego, fuego lento…

—Sigue, sigue…

—Poco a poco me voy encendiendo…

—Espérate…

—Poco a poco…

—Sí, sí, eres… espérate… di lo que te voy a decir…

—Go to hell sex, te voy a presentar a mr. humberdick, ése sí es una fiera the true phallus, lo estoy preparando en un campo de concentración, en un día embarazó a veinte mujeres, ese sí te daría batería, yo no, pero mi animalito mr. humberdick sí, es sensacional, estoy seguro que hasta Hitler me lo hubiera comprado…

—Eres de lo peor… Chao y no quiero volver a verte… Siempre me alteras…

Y Sex se va. ¡Qué frialdad para encender a Sex, qué frialdad!

¡Pero mira qué anillos tan caros mi amor, qué bien se te ven! ¡Qué bien te ves con esa estola de lagarto! ¡Horas y horas de trabajo para que mi nena se vea adorable! ¡Te ves muy chic mi amor! Muy pero muy lovable. A veces quisiera exhibirte en Liverpool para que vean qué clase de nena tengo, estoy seguro que si Cuauhtémoc reviviera te daría sus tesoros. ¡Pero mira qué bien te ves con esos anillos de diamantes! ¡De veras que qué bien te ves en tu Mustang! ¡Dalila eres lo máximo! ¡Tan cool mi fresa preferida! Pero a veces pienso que me tienes encadenado, nena, me siento tu french poodle. Y no seas tan presumida, quítale la etiqueta al vestido que te traje de Nápoles, no seas tan ranchera. ¡No seas tan ranchera mi amor!

Y llego a una tienda, desas grandotas que hay en la capital. Acabo de ganar las elecciones de presidente municipal de mi pueblo Tierrosilla. Disfrazado cual presi muni de mi amado terruño voy a una gran tienda de la ciudá a comprarme una hembra, qué carajos. Uno es macho y necesita hembras, una cosa es la esposa que cuida a los escuincles y otra la hembra, la diosa del placer, y pues para este objetivo circunstancial llego a la tienda. LLÉVESE LA QUE LE COMPLAZCA MÁS ACTÚAN DE ACUERDO A SUS INSTINTOS ERÓTICOS Y SE COMPORTAN A SU GUSTO. ¿Secretitos sádicos? No se preocupe, su monona se los satisfacerá, con ella, se lo prometemos, usted puede ser sincero. Si usted goza golpeando a su mujer, nuestra monona aguanta hasta las patadas de tarzán. ¡Qué le parece! Claro, el precio varía. Pero nuestras muñecas han sido fabricadas de acuerdo a diversos estratos sociales. Tenemos, por ejemplo, la muñeca standard, planeada para nuestra pujante burocracia, tenemos nuestra bussinessman girl, acostumbrada a despedir perfumes exóticos y a decir a todo oh oh es maravilloso este anillo que me acabas de regalar Oso. Claro que entre más cara sea la monina, más deleites le proporcionará a usted, más sutilezas eróticas os proporcionará estimados playboys en vigor, no se sienta anciano a los sesenta años, usted puede ser el feliz poseedor de una de nuestras Satisfaction Girls, ahorre y cómprese una. No se dan a crédito ni a vistas, cosas de la experiencia en nuestra campaña de investigación de mercados. Y me llevo a la Big Sex Mex Girl.

Una de cabello negro, seños y nalgas kilométricas. Wow, wow, wild thing; very very wow! y salgo de la tienda cargando a mi muñecota de la gran tienda, toda la gente me ve y entro en mi coche kilométrico, placas 69-69SEX-O. Alright!

Y luego estoy en el kiosko de Tierrosilla diciendo el cinco de mayo un encendido discurso, la plaza atestada de obreros y campesinos:

—¡Pueblo tierrosano, yo soy el fiel seguidor de nuestras revolucionarias teorías sociales, soy el continuador de la heroica labor patriótica de Guerrero, Hidalgo, Juárez, Zapata, Madero! ¡Entremezclado en su pensamiento he recibido la preclara luz de los principios de justicia social, paz y libertad! ¡Vuelvan a votar por mí el 69 de agosto! Os aseguro casas, calles, películas gratis, os aseguro ser un diputado defensor de los principios populares, lucharé por vosotros, queridos campesinos, lucharé para que se vistan tan a go go como yo, para que vivan en una residencia como yo, para que traigan un coche Valiant como yo, les prometo muchas cosas, voten por mí que soy un extracto popular, os prometo luchar en la Cámara de Diputados por vuestro progreso. ¡Viva yo! ¡Viva mi partido por la mitad! ¡Viva la revolufia, vivan sus cachorrianos! ¡Voten por Ixtacalco Mendoza de Quevedo! ¡Voten por mí, obreros blanquecianos! ¡Voten por mí, el fundador del Sindicato Nacional de Blancos e íntimos! ¡Voten por mí, que deseo ser vuestra luz, vuestro padre, vuestro líder, su guía, su siervo! ¡YO YO YO YO YO YO! La multitud aplaude a su líder y mis nenas a go go reparten mi retrato, dirigen la porra de mis cachorros. La mariachiza anima el jolgorio. Camila Clover canta la cucaracha la cucaracha ya no puede caminar ya no puede caminar porque le falta le falta mariguana que fumar: Y luego yo cantando mi nueva canción

Dulcinea María

y cual cotorro que soy —or parrot— chasqueo los dedos y de la concentración masiva me voy, volando como Peter Pan

CONSECUENCIA CONSECUENCIA CONSECUENCIA HOLD ON I'M COMMIN! CONSECUENCIA HELP! ¡AUXILIO! ¡AUXILIO! ¡AUXILIO! HOLD ON I'M CUMMIN' SOMEBODY TO LOVE SOMEBODY TO KISS EVERYBODY MUST GET STONED! I NEED YOU VAMOS A CASA TOO MUCH MONKEY BUSSINESS AROUND N' AROUND

CONSECUENCIA CONSECUENCIA PASTO VERDE PASTO VERDE CONSECUENCIA VAMOS A PASAR LA NOCHE JUNTOS LET'S SPEND THE NIGTH TOGETHER SATISFACTION LADY JANE LAST TIME SATISFACTION LET'S SPEND THE NIGTH TOGETHER

Regreso triunfalmente de mi jira por Alaska. Obviamente vestido como esquimal. Bajo del avión. Las fans tratan de romper los cercos de la policía. Camila Clover viene a mi lado. Detrás de nosotros mi conjunto de rock Los Floreros Despostillados

Cartelones de las fans: We Love you Epic Welcome to Transalandia We like the rolling stones we like the byrds we like jefferson airplane we like the Greatful Dead

We're groovin' groovin' groovin' groovin' keep on dancin' keep on dancin' we need love we need love we need love don't hide your love nosotros amamos a Mary te amaremos Epic Aris

Llegamos a una sala, flashes, ruido, escándalo. Ocupamos unos asientos. Los periodistas me interrogan

—¿Dónde nació?

—¿Dónde? En la luna, soy lunático, no, no sé, la verdad es que nací en un pueblo cercano a Nueva Orleáns, en Tierrosilla, un pueblo fundado por Lafayette, es un pueblo mitad francés mitad español, es un pueblo muy folk del estado de la tierra de las mil transas. Pero, a pesar de todo, allí toda la gente baila. Mi infancia la pasé en Villa Vacía. Viví en la calle de Empédocles 69, en la colonia Medianía. Es todo lo que recuerdo

—¿Cuándo piensa casarse?

—¿Cuándo piensa divorciarse?

—Revisando sus declaraciones a la prensa, creo que es usted un escéptico

—Más bien soy un estoico, como una piedra que rueda. Tengo corazón de piedra. Digo, no me importa lo que usted me pregunta. Digo, yo no le preguntaría a usted cosas íntimas, digo, yo no le preguntaría ¿después de comer va al baño o se acuesta con su esposa? No me interesa si usted se lava los dientes o no

—Es usted un cínico

—Bueno, las palabras se confunden, yo pertenezco a la escuela de que no te importe nada ni nadie, pero si un mendigo te pide un diez, dale un veinte. Mis amigos se llaman Teodoro, Heguesías, Aniceris, Antístenes, Diógenes, Lesbos es mi amiga, Epicteto, como usted ve todos tienen nombres distintos, y son personas distintas, yo me llamo Epicuro y mi lema es mientras existimos la muerte no existe, y cuando la muerte existe ya no existimos nosotros, o sea cuando se llega a la nada es cuando dejamos de existir, pero yo soy yo, Pepcoke Gin es Pepcoke Gin, él existe por sí mismo, no necesita de mi existencia para existir, Daisy Clover es Daisy Clover, no es Daisy Bardot, Bob Dylan es Bob Dylan, Mick Jagger es Mick Jagger, Marianne Faithful es Marianne Faithful. Son parte de algo, pero en esa parte está su individualidad. ¿Greta Garbo es Marilyn Monroe? ¿Se puede identificar a Ann Margret con Marilyn? ¿Es lo mismo Janis Joplin que Nancy Sinatra? ¿Podría haber dicho lo que estoy diciendo una máquina IBM? ¿Tengo las mismas ideas que Benito Juárez? Yo no quemaría brujas ni cerraría iglesias ni diría que Dios no existe, ni a Dios le diría Arquitecto. Yo que vengo de la clase media ¿puedo ser comparado con Hitler, identificado con él? Digo, al menos que fuera para ejemplificar los principios hegelianos de tesis, antítesis y síntesis, pero ésta era una conferencia sobre música bochornosa

—¿Piensa que los jóvenes cantan y bailan para fugarse?

—Usted ¿bebe cerveza para liberarse?

—¿Es usted antinacionalista?

—Yo no compraría un cuadro de Diego Rivera ni ninguno de esos señores de la escuela esa mexicana de pintura, yo no creo en los discursos de los diputados y los senadores, yo en realidad no le creo al presidente de ningún país, en realidad es porque yo no creo en la propaganda, propaganda es una palabra que vomito siempre, yo no le haría propaganda a nadie, yo no le haría propaganda ni a Juárez ni a Mao Tse-tung. ¡¿Se imaginan ustedes señores periodistas a Mao bailando con Daisy Soul Music?! ¡¿Se imaginan yo en la China Comunista cantado Eve of Destruction y Let's Spend the Night Together?!

—Usted es un anarquista…

—Usted habla como macartista, pero creo que siempre he pagado los impuestos, hice mi servicio militar y me empadroné ¿esto es ser anarquista? Yo no iría a manifestaciones a gritar Yankees Go Home, digo, creo que las revoluciones se han hecho en las montañas, pero yo sólo soy un vil rocanrolero. Digo, yo no haría nada por nadie, en serio, yo no nací para pastor, ni creo que tampoco el presidente o los presidentes de Transalandia nacieron para pastores. Digo, Cristo nació para pastor y ya ve, lo crucificaron. YO en realidad no tengo alma proletaria. Como dije antes, yo nací en un pueblo cerca de Nueva Orleans, mi sangre es española y francesa y huasteca. Mi tatarabuelo era jefe comanche. Ludelia María nació en Liberia, otro pueblo cercano a Nueva Orleans, es nieta del general Lafayette, su papá el general John Lafayette Rodríguez se casó con Flor Hermosa, hija del jefe comanche Venado Veloz. En fin, yo creo que el medio ambiente sí influye en la mentalidad de la gente. Yo tengo más de criollo que de naco, eso sí. Así es de que nenas, tranquilas no sean pretenciosas, ya saben que la salvación es personal, chao, a rocanrolear, mucho, mucho, cuando menos por ahora. Para mis admiradoras mi teléfono es el 69-69-69

Marianne sonríe y le guiña un ojo a la cámara de televisión

CONSECUENCIACONSECUENCIACONSECUENCIA
CONSECUENCIACONSECUENCIACONSECUENCIA
CONSECUENCIACONSECUENCIACONSECUENCIA
CONSECUENCIACONSECUENCIA

¿Sí, verdad, nena? Quieres la mesa puesta, cubiertos de plata, sábanas made in USA, los muebles de la sala y el comedor muy folks Made in Cuernavaca, floreros de cristal Made in Checoslovaquia, quieres coche Mustang Made in USA, una cama ancha y larga sólo para ti, dos recamareras, cocinera, mozo… ¿Qué más? ¿Qué más te mereces mi cucharadita de miel? ¿Qué más? ¿Qué más mi pan con mantequilla? ¿Qué más mi helado de fresa? ¿Casa en Acapulco y en Cuernavaca? ¿Del Country o del Club de Polo o de Golf? Miembro de todos los clubes perfecto mi helado de fresa, mi papaya tropical, estupendo. ¿Vestidos from New York? ¿Anillos de oro del Perú de la Sierra Madre Occidental? ¿Así con todo esto estarás contenta mi tigresa oaxaqueña? Te dije contenta, no usé la palabra satisfecha, en cosas de necesidades las cosas cambian nena. No sé, fumo un Alas y veo tu rostro lleno de pústulas, tu rostro deformado, pareces bruja mi amor, podría venderte en un bazar, te titularía Cleopatra Revisitada. Dalila Frustrada, Venus de Milo o Chocomilk o Lesbos Pietra Santa, obra maestra del gobernador de Villa Tierrosa, Marqués del Valle de las Ladillas. Te digo que te veo más anciana que los magueyes o que los cactus del desierto. Así te veo helado de fresa. Helado de cereza. Cereza inmaculada, invulnerable, inviolable, Kilimanjaro Cereza Kilimanjaro, Cereza intocable. Cereza escarchada. Cereza en mi Tom Collins. Te ves muy cherry nena. Claro, eres mujer. Castillo. Dragón. Hechicera. Pero así mujer me vales madre. Eso eres: sólo una mujer Sí, nena, sí, eres mujer. Bah pendeja. Mujeres como tú hay muchas, montones. De mujeres como tú están llenos los mercados, las tiendas de zapatos, los cines. De mujeres como tú están llenos los bares y los clubes nocturnos, de mujeres como tú están llenas las playas, de mujeres como tú está llena la historia. De mujeres como tú está llena la vida de los hombres que caminan como espantapájaros por las calles llenas de luz eléctrica. Y claro, sabes llorar, sabes murmurar palabras de amor, sabes ser tierna y atenta y amable y simpática, muy nice. ¿No? Sabes ser mujer… Eso sólo has aprendido… Que te descuelgue el que sea, yo ya no de veras que ya no te voy a descolgar… Digo, yo no tengo dinero para comprarte calmantes, mejorales o aspirinas, ya no, nena, me enferman las farsantes… ¿No te gusta mi cabello largo? ¿Qué tal me veo? ¿Seré tarzán o superman? ¿Batman o Mayakovski? ¿Fitzgerald o Mr. México? Quise ser fullback de los pumas y no pude avanzar una yarda. Dicen que me parezco a Pushkin pero yo me siento Chucho el Roto. ¿Qué diría de mi facha Pancho Villa? ¡Ajúa! ¡Viva la revolución!

Y cuando voy por la avenida Madero fumando un Alas nena empiezo a pensar en ti:

quiero amarte, necesito amarte, necesito a alguien en mi vida nena, te necesito, me siento triste, me siento solo, necesito besarte y abrazarte, necesito que estés conmigo nena, no he perdido ese sentimiento amoroso, no lo he perdido nena, te estoy esperando, te estoy buscando porque estoy solo, tienes que ser tierna nena, ven pronto nena, quiero amarte en la noche y temprano en la mañana, quiero amarte, amarte, amarte, amarte… ¡Necesito tu amor! ¡Necesito tu amor nena! ¡Sólo tu amor nena! ¡Tu amor! ¡Tu amor nena! Tu amor nena eso es así tranquila… así… así nena así calmada… tranquila… tranquila…

solo en la avenida Juárez… Dios, dios… Te dije que no andes por aquí así… Don't hang around cause two is a crowd… okey, okey… Escribe ¿no? How are you Lady Jane? How are you Miss Dulcinea María? My ohmyohmy My-oh-my-you-look-so-pretty-tonight Dulcinea María… I'm the boogie, sugar… Llego a mi cueva

pongo un disco de los Rolling Stones:

spendin' too much time away

i can't stand another day
baby you think i've seen the world
but i'd rather see my girl

i'm goin' home i'm goin' home Sí Claudia estoy muy lejos de ti, demasiado lejos oyendo canciones, bebiendo cerveza, te recuerdo Claudia, recuerdo tu voz suave, tu cuerpo suave, tus ojos grandes, tu piel suave, tus ojos grandes, tu piel suave, tu dulce espera, todas tus sonrisas, tus caricias lentas, la tersura de tus manos, tus ojos llenos de ternura, tu timidez. Tantas cosas recuerdo Claudia hasta sus lágrimas están detenidas aquí en mi corazón i'm gonna catch that plane i'm gonna catch that plane... such such such a long long time... te estoy extrañando mucho Claudia, demasiado demasiado

nos conocimos en una fiesta, te veías bellísima, vestido blanco escotado, tus cabellos lacios, largos, negros, tus ojos grandes, bailamos, yo te dije que era escritor rollin stoned, que escribía cuentos de amor y desamor, una tarde fuimos a la cafetería del lago artificial del nuevo Chapultepec, tú me contaste la historia de tu último romance. Las causas del fracaso, yo te dije que estaba solo, que quería escribir mucho, que te quería amar mucho... Te quería amar mucho Claudia... Quería amarte mucho Claudia... Amarte mucho Claudia... Amarte mucho...

Atravieso las rejas de la casa de Claudia, standing too much time away, la noche estrellada, winged words words made of air i begin but words good to hear. El viento de la noche gira en el cielo y canta. Doña Alta Clase canta Yo sé que nunca besaré tu boca... apasionada fuente de tu vida, música de guitarras en el espacio de la sala oscura. Yo sé que inútilmente te venero. I'll sing these songs beautifully today to please you my faithful coterie. Doña Altitud canta entre la penumbra: Tengo un pájaro azul dentro del alma, un pájaro que canta y solloza. And waitin' for Eros the dearest scion of Earth and Heaven. La luz se prende.

Círculo Vicioso y su hermana Sofía y el novio de mi ex-gran-amor. Convención Ilimitada le pide unos zapatos prestados a su señora madre Doña Alta Clase. Te he dicho que no, me los gastas, me los ensucias, cómprate los tuyos, mami por favor no me traumes, le dice Convención Ilimitada. Convención está llorando, no voy a la fiesta, no vayas no me importa, le dice su mami. Convencional Girl llora más. Cálmate le dicen Sofía, novio y Círculo. No, no, siempre es así. No me presta los zapatos para que no vaya a la fiesta, la conozco, es una amargada, ella porque ya no puede divertirse. Pues no me importa lo que digas, le dice su mami. Yo te presto unos, le dice Sofía… Círculo está trabado del coraje del teatrito de su noviecita. Doña Very High Class se va cantando Quisiera preguntarle a la distancia si tienes para mí un pensamiento. La luz se apaga… Sí, Marqués, toda la escalera es de mármol francés, el baño de mosaico japonés, la porcelana como usted verá es muy rococó, sí, llegaron los indios y lo destrozaron todo, llamas y llamas, cascos de caballo a todo galope, yo era una niña, venga Marqués, acompáñeme al sótano, mire éste es el general Cámara. Su esposa doña Soledad Montejo. Vivíamos como en París, Marqués. Y dejo a Doña Alta Clase hablando sola… i can't stand another day… baby you think i've seen the world. La bartender me da otra cerveza, sonríe, i love you epic. I shall, so unleashed, unpegged. Choferes de trailers bebiendo cerveza but i rather see my girl su padre el doctor High Cloud está investigando algo sobre el cáncer, sentado ante su escritorio lleno de libros y papeles revueltos i'm going home i'm going home i'm going home. Bebo un sorbo largo de cerveza. Altough i'm alright in a way but I'd love to see your face… Claudia y yo estamos en el Belvedere del hotel Hilton bailando, su cuerpo laxo, ligero, su cabeza recargada en mi hombro derecho, tras los ventanales parte de la ciudad descifrada por las luces, la cantante cantando Te abrazaré toda la vida. Ella fue amante de mi tío, es padre, me decía, te levantas en la mañana, le haces el desayuno a tu amante, te bañas con él, y vuelves a la cama, oyes música o lees, en la tarde haces el amor, en la noche, en la mañana… La ciudad en penumbra, parece silenciosa, las luces brillando permanentes, el cielo resplandeciendo, la redondez de la luna intacta… Yes i will when you are three thousand miles away… Su hermano Teófilo Altamirano la espía cuando se baña por el ojo de la cerradura… me cuenta que ya no lo aguanta, siempre espiándome cuando me baño… Estoy recargado en un árbol, mis cuates que ruedan muy folklóricamente bebiendo tequila en el coche, los mariachis cantan Cielo rojo: olvida lo pasado ya no te acuerdes de aquel ayer… Quiero que seas mía Claudia, ¡Claudia! C O N S E C U E N C I A C O N S E C U E N C I A C O N S E C U E N C I A CONSECUENCIACONSECUENCIACONSECUENCIA

Tina eres divina, no eres gelatina, ni helado de fresa, eres miel y almíbar, me gusta bailar contigo, me gusta verte pintando al óleo, me gusta verte cocinando, me gusta estar contigo minina. Teena eres divina, maravillosa como una flor, dulce como una canción de amor, eres mi sol resplandeciendo, mi luna llena, mi fuego eterno, mi luz entre las tinieblas, ni nuevo amanecer, mi después de las cuatro en nueva orleans, mi ángel lapislázuli, mi nena de ojos cambiantes multicolores, mi aftermath, mi terremoto y mi tranquilidad, mi mera mera, mi cuchi cuchi, mi costilla, mi cielo, mi dulce corazón, durazno, melón, guanábana, manzana, azúcar, sandía, mi ácido, piña madura, fruta verde, flor en el verano, amorcito corazón, pan de mi vida, gacela, lila, dalia, rosa, mi amatista, mi diamante. Te amo Teena. My Girl from Lousiana. My sweet, sweet girl from New Orleans. My sweet Love Anita. No te olvidaré. Hoy que está amaneciendo te recuerdo, feliz de la vida nena, te estoy recordando cuando los pájaros empiezan a cantar, el sol empieza a brillar y la claridad se extiende en la ciudad. My good lovin', you're my oh my, the meaning of my life are your pretty eyes n' your sweet, sweet heart. Oh my sweet marie, oh my soul, my very true love… Annie o Aniushka Clover. Ana

Clover, my Marianne Faithful. My fate, my destiny, my O'lady mi nena multicolor. Mi suavidad

Y estoy de vuelta en un bar frente a mi amiga la cerveza Solitude. Estoy oyendo a Dusty Springfield cantando: You don't have to stay forever I will understand, believe me. Claro nena, digo, qué bien que haya una nena que piense como tú, digo, es perfecto que comprendas esto nena, de veras, te lo digo sinceramente. Digo porque eso de que te voy a amar toda la vida está out. Qué bien nena que estés pensando así... Consecuenciaconsecuenciaconsecuenciaconsecuencia...

Sweet Little fourteen está leyendo un comic en su cama, lo tira al suelo. Enciende la radio: don't you worry what's on your mind I'm in no hurry I can take my time... si fuera grande, si tuviera dinero estaría en Acapulco en la playa, con bikini y todo, asoleándose. Bailarina a go-go. Haría el amor con su novio. Su vida sería distinta, totalmente distinta, no estaría aburrida como hoy. Todos los días aburrida. Sin novio. Viendo a los muchachos desde su ventana, oyendo la radio, leyendo comics. La escuela, estudiando para secretaria bilingüe porque papá dijo. La escuela llena de maestras idiotas. Llegar a su casa y comer, y esperar la llamada telefónica de alguna amiga y platicar un cuarto, media hora para no estar aburrida, sin nada que hacer, y ver televisión y luego subir a su cuarto y ver a los muchachos desde la ventana. Y llega él y tiene ganas de que la bese y la abrace. Se acerca, le acaricia la cara, sus cabellos lacios

—Te ves muy bonita —le dice

Ella cierra los ojos. La abraza. Se besan. Su cuerpo vibra, palpita intensamente

—No, no, no

—Nena, no te voy a hacer nada, no tengas miedo de ti, no tengas miedo de ti...

Y él desaparece y ella está viendo a los muchachos desde la ventana, llorando, oyendo I think we're alone now de Tommy James

Consecuenciaconsecuenciaconsecuenciaconsecuencia
estoy en un bar bebiendo cerveza. Claudia, tu cuarto huela a lilas, en tu tocador hay un florero lleno de lilas Claudia, Claudia, Claudine, Claudiana, Claudia mi amor… i wanna see my girl… Amor Roma Rima Rama Amar Mara Mira Mora Moro Romo Rema Remo Rimo Imor Mori Mari Meri Mero Erom Rome Roma Amor Rima Rama Amor… La espero a la salida de la escuela, atraviesa la calle, corriendo, abre la portezuela, sube, me besa en la mejilla, vamos por las avenidas asoleadas, oyendo la radio… y estoy contigo Claudia, estoy haciendo el amor contigo, besando tus mejillas, tus labios, acariciando tu cara, apretándote fuerte, abrazándote fuerte, She makes me feel so good alright alright alright… tus ojos abiertos, tu corazón palpitando intensa, intensamente, tus manos recorriendo mi cara. Yes, she does it in the middle of the night so good… I feel alright come on baby, I feel alright… Sí, me siento bien, así, haciendo el amor contigo Claudia, no falta nada, mi vida no está vacía, te estoy amando bien Claudia, estoy tratando de amarte bien Claudia, estamos haciendo el amor suave, suavemente, mi interior está lleno de blandura Claudia, siento la suavidad de tu cuerpo, el relajamiento de tu cuerpo, veo la ternura en tus ojos… Estoy contento Claudia, eufórico de amarte, de quererte así, así Claudia, me estás abrazando fuerte Claudia, nos estamos amando, amando, amando… Sonríes, tu sonrisa es firme, no hay miedo en tu mirada, no tienes miedo de que nos amemos… Amoración excitación comunión carnación interacción comunicación amoración canción acción desoledación emoción ansión pasión emoción conjunción amoración satisfacción separación serenación tranquilización ternuración comunión

y en mi cueva estoy pensando en Helado de Cereza, en la popis idiota que a todos predica su virginidad, en la tramposa telarañosa, en la YO SOY LO MÁXIMO, es ésa que quería traerme de su perro faldero, pero ahora nena estás out, yo prefiero cotorrear el punto con juanita, en pedirle a ella que me escuche, que me lleve a pasear por sus castillos, yo ahora Helado de Cereza no volveré a pedirte que me sigas, sí nena mucho tiempo he pasado diciéndote que estés a mi lado, pero ya no te rogaré ahora tienes que quedarte sola y rodar y recorrer el camino que yo he andado, tienes que venir siguiéndome, yo he pasado mucho tiempo solo, fuera del mundo, kilómetros y kilómetros de camino, mis botas están destrozadas, así que tienes que empezar a rodar y rodar sin parar, para que aprendas que sólo se hizo el camino para mí...

y me entrevistan en televisión cual famoso cantante de rock que soy

—Sí, claro, hay el problema de la comunicación. Pero digo ¿con quién voy a comunicarme? ¿Con un policía? Digo, la comunicación es cuestión de gustos. Yo a nadie le diría los héroes son falsos, digo yo a nadie le diría que está mejor Ana Bertha Lepe que Julie Christina. Digo, aquí en México la comunicación sólo existe como Secretaría. Aquí estamos en la región más surrealista del mundo, de veras, el surrealismo más horroroso. Todos dicen que como México no hay dos. Pero ¿qué es México? ¿Es el presidente? ¿Es Dalila Clover? ¿Es Garibaldi y el hotel María Isabel? Aquí en México no hay más que transa, hasta las palabras nos roban, pero por ejemplo a mí me gustaría filmar una película en la que yo fuera la mamá de las soldaderas, sería genial ¿No? Yo mamá de Pancho Villa, y le aseguro que los mexicanos no tendríamos problemas de incomunicación. Pero es obvio que entre los políticos y yo hay una enorme distancia, digo entre usted y los policías otra, entre Ludelia Clover y el jefe del partido del gobierno otra. Yo no creo en la comunicación porque no creo en la gente, digo, yo creo en las personas, creo en Bob Dylan, creo en Mick Jagger, creo en Allen Ginsberg, creo en el Che Guevara, pero no en la gente. Para mí la gente es un fantasma, para mí la gente no existe, digo la gente se forma de un grupo de seres irreales ¿puede haber comunicación con los espíritus? Digo Madero se la pasaba cotorreando el punto con los espíritus y ya ve, se lo cotorrearon y lo asesinaron y la revolución desde entonces no deja de ser el lugar común de los que ahora se llaman representantes populares. ¿Usted cree que haya comunicación?

Hold on, I'm Comin! Hold On, I'm cumin Hold on I'm cummin'!

Nena te quiero, vamos a bailar, así lentamente Daisy, sintiendo tu cuerpo, toda la noche bailando contigo (observación: sería imposible bailar toda la noche al menos que fuera maratón), groovy man! Pero nena, nena, ya no quiero elevarme más, salirme de la pista… ya no quiero estar arriba, arriba y tú por acá sin hacerme caso, digo, nena por favor recapacita…

> i see a red door
> and i want it
> painted black…

Apolo se peina las cejas, alias su cabello siempre impecable, se ve al espejo su traje siempre bien planchado, sin una arruga. Me platica que acaba de conocer a una señora que está enterísima, que quedó de ir a bailar con ella, su marido is out of Mexico, me dice que lo más seguro es que se la coja como se ha cogido a mil. Apolo me dice que Amor es Eros. Me pide un trago de vino, dice que el vino excita. Se emborracha y

—Epicuro, te admiro, te admiro porque eres un cuate distinto que has vivido distinto a nosotros, no has sido un farsante, me acuerdo cuando ibas al parque a ver a Rocío, cómo te quería Rocío, siempre has sido como era el Rey. Siempre le has mentado la madre a los policías, siempre has tenido güevos para mandar todo a la chingada, por eso te admiro, porque ahora vives aquí como mendigo, porque con nosotros nunca has usado máscaras, porque en la vida hay que ser farsante, usar máscara con toda la gente, el mundo es de los que chingan y hay que chingar, por eso admiro a Carlos Fuentes y a Cuevas, porque se burlan de los burgueses de mierda, se burlan de la máscara. A nosotros nos chingó Dios aquí en la Narvarte, vivir entre gente mierda, entre gente pendeja. Ve a los papás de los cuates, puro romántico pendejo, soñando que sus hijos hagan lo que ellos no hicieron en la vida, soñando en que sus hijos vivirán algún día en el Pedregal de San Ángel, que tendrán las mujeres más hermosas del mundo. Y la realidad es que toda esta gente vive al día, vive de mentiras, vive incómoda de vivir. Estamos entre la mierda, Epicuro. Sí, aquí la gente viaja a Europa en viajes fiados. Esta pinche colonia vale madres… Salud…

Sí dan ganas de darle de patadas en el trasero a todo. No me estén jodiendo. Y mentarle la madre a toda la gente que dice que se compadece de nosotros y dice que nos comprende, cuando uno apenas va viendo lo horroroso que a veces es el camino. Sí, para qué seguir consignas, para qué seguir a esta sociedad de gentes que no tienen nada, ¿qué ha hecho esta gente? Gracias por la herencia de este Mexiquito tan revolucionario, gracias Pancho Villa, gracias Zapata, gracias gracias, qué bonita tierra nos dejaron, qué patria tan bella, gracias, todos los mexicanos estamos muy contentos, gracias a ustedes, los pobres de aquí desaparecieron. ¡Viva la Revolución! Pero a veces sueño que Pancho Villa está otra vez en la Sierra… ¡Sabor ahí!

no colors anymore
i want them to turn black…

Estoy acostado en mi cama de púas, repasando mi lección 69 de yoga cuando a mi cueva entra El Amo

—¡Qué ondón! ¡Qué ondón! —chasquea los dedos, pone good vibrations de los beach boys— ¡Qué ondón! ¿No ha venido Sadito Otistlán? Me cae bien, pero voy a su casa y a veces saludo a la sirvienta creyendo que es su mamá, digo, no puedo distinguir a la servidumbre de la señora de la casa, el otro día llegué y señora buenas tardes y que le beso la mano a la sirvienta, digo puro naco, no se puede vivir aquí entre esta confusión.

¡Qué ondón! ¿Sabes qué, Epic? Estoy volando, estoy volando, de veras. Tengo unas pieles de la onda, fornication, hasta el gorro un ondón. Todo. loco loco fornicando es un ondón. Tus discos de los beach boys, una gorda de nuestro querido pueblo nacolitano y un ondón. Ayer vi a Raquel Welch en mi cama, por Dios ¿Qué haces aquí? Vine a visitarte. ¿Quién es el amo nena, quién?

God keeps all good vibrations…

Mis cuates de la colonia Medianía: hola papá, hola mamá, oye necesito el coche, oye necesito dinero, oye tengo que comprarme ropa… Su amigo Epicuro El Beatnik que vive en el pesebre. Es un cuate que lee mucho y le vale madres todo. Todo le vale madres, qué buen iris

Consecuenciaconsecuenciaconsecuenciaconsecuenciaconsecuenciaconsecuenciaconsecuenciaconsecuencia

vamos todos los rodantes en el valiant de Sadito, hasta el sombrero de nenas, el ruido poco a poco se amortigua, las luces se intensifican, en el autoestéreo Hey! Mr. Tambourine Man plays a song for me…

very cool everything. Todo se va olvidando, divirtiéndonos con nuestra debilidad, viendo las calles que se alargan, la canción que dura y dura años… ¡Qué ondón! ¡Qué iris! ¡Estoy hasta la madre! Vibración Vibración Conmoción Comprensión ¿Combustión? ¿Carburación? ¿Descarnación? Desolación Destripación Subidación Qué chingona canción ¿Camión? Pasión Desaparición Tentación Ornamentación Situación Sexación Soltación Serenación Paseando por las calles como si fueran nuevas, todo borroso, la gente diferente, todo diferente… todo… ¡Cuidado nene te estás portando otra vez mal, desde la mañana un coche sin placas te viene siguiendo no te enfermes, es mejor seguir las manifestaciones que andar solo en los callejones Anda nene es mejor que te quedes viendo las flores, lee los periódicos, entérate de las obras del gobierno, nene los tiempos no están para que te dejes caer, no andes desesperado, sí nene óyeme ¿Qué te está pasando?

ConsecuanciaConsecuencia yo no quiero ser como todos no yo no quiero ser como todos pero todos quieren que tú seas como ellos… ¡Cuidado nene estás insano! ¡Oh no!

Y sueño que me vuelvo THEONEHUNDREDNTHOUSAND MILLIONSTRAWBERRYFERP y que estoy en un cine viendo con mi noviecita santa y fresa la película Un Cuate y Una Vieja. Y cuando la pareja está haciendo el amor yo me excito, sudo y, cual fresa que soy, me apeno. Y cuando salimos del cine mi fresa de Irapuato me dice:

—Oh fucker qué película tan divina, bossanova, coches de carreras, qué bonita pareja ¿No crees mi amor?

—Sí, Inevitablemente Frustrada Fayne Gil, qué bonita película, qué colores, qué bonita

—Como en un sueño fucker

—Sí

—Qué bonito es el amor

—Sí, Pure Pink Cherry

Pero en el sueño algo me falló. De pronto por algo se me nubló el cerebro y empecé a desvariar

—Pero he de ser un idiota, nunca me atrevo a pedirte que nos amemos en serio. Hacer el amor contigo como en la película —y me vuelve la cordura—. ¿Qué dije? Te respeto Fayne Gil, te respetaré hasta que nos casemos. Fuera de mí los malos e insanos pensamientos. Sex go home, sex go home. Go home sex. Y como en los momentos violentos Fayne Gil es muy calmada, me dice:

—No te turbes mi cielo, las cosas con calma y de la manera adecuada siempre salen bien, freudianamente hablando tiene que ser así, pero las nenas educadas no lo debemos hacer, debes comprenderme mi vida ¿qué puedo hacer si en este momento te doy mi amor? No, no, no. Te prometo que cuando nos casemos te doy todo lo que quieras, para algo sirven los libros de amor. ¿No crees mi amor?

Y rodando por el camino en el coche de Sadito:

—¡Aguas! Escóndanla ¡Alguien nos viene siguiendo aguas! Ese coche lo he estado viendo por todas partes, carajo, calmados, la tira nos está siguiendo, cálmex, cálmex, no puedo estar sereno. Déjenme en mi casa, la tira nos viene siguiendo

Y cuando mi jardín estoy regando y pensando en el día que crecerán las flores llega a mi cueva Nervio & Convencion + Estupidez No. 023428/No Limit, estoy oyendo Outlaw Blues de Bob Dylan

—¿Qué pasa?

—Nada, oyendo a Dylan

—¡Qué pinche greña carajo! Puta madre pinche putazo. Oye qué pinche huele aquí. ¿Y los demás?

—No han venido

> in dime stores and bus stations
> people talk of situations
> read books, repeat quotations,
> draw conclusions on the wall

—Quita es madre, ese cabrón canta como puto. Me acabo de ligar unas peladas, quedé de ir a coger mañana. ¡Qué pinche greña de cabrón! Oye, huele horrible. Puta madre, estoy que me lleva la chingada, carajo cómo me duele la cabeza. Pues sí flais, tomorrow a coger —Toma el libro La Tumbadora del autor Pepcoke Gin— Carajo qué cuate tan naco —dice viendo la foto del autor—. Es el rey de los albañiles, carajo pinche naco, aquí sólo los nacos son famosos, mira nada más qué cara de naco

—Tiene una esposa que es un cuero, la nena más preciosa que he conocido

—¡Carajo, quita ese pinche disco, me caga ese puto! Entonces tiene una esposa cuero. Así estamos aquí, los nacos se ligan cueros. No cabe duda que los pendejos tienen suerte. Pinche rey de los albañiles

Pongo Paint It Black de los Rolling Stones...

—Esta pieza sí está chingona, nada más oigo esta música y se me para la sin orejas, me cae. Puta qué chingona pieza... Para estar con unas nalgas picando, carajo...

> i have to turn my head
> until my darkness goes...

Llega Ed Pirez:

—Qué onda, es lo máximo esto de la mayonesa, a Lady of Spain me la traigo al tiro, en el High School todas las nenas controladas. Les trueno los dedos y aquí a mis pies, digo ayer estaba en mi casa y digo es que los padres en realidad no entienden la onda. Todo sería de poca madre aquí si no fuera por los nacos, carajo si yo fuera presidente de la rep mandaba a colgar de las patas a todos los nacos, lo máximo son las gringas, son un ondón, no son tan imbéciles como las nacas, digo, yo en serio que mandaba a matar a todos los nacos. Digo, qué onda, qué onda. Hoy en la mañana estaba en mi casa haciendo unos iris, que pa' qué te cuento... Qué onda...

Yo estoy con mi guitarra tratando de sacar el acompañamiento de Mr. Tambourine Man... Cuando se va Ed empiezo a desvariar: Tronarán burgueses, morirán aplastados por su mediocridad, por sus prejuicios e hipocresías, la clase proletaria está cavando su tumba, alguien en algún lugar está aprendiendo la teoría de la plusvalía, la democracia proletaria, Cuauhtémoc está aprendiendo a volar

—How are you Rosa de Luxemburgo?

—Trabajando camarada por la revolución

—Engels me gustó mucho tu libro sobre la fam, la propiedad privada y el estado. Hola Marx ¿ya viste lo que le pasó al Che? Pero en fin, la onda sigue, es lo bueno que las ondas no se detienen… Digo, ¿quién va a detener la historia? Nos vemos voy a entregar a los periódicos un aviso revolucionario

AVISO REVOLUCIONARIO

Se solicitan revolucionarios que no sean tibios ni reaccionarios para encauzar marxistaleninistamente la lucha de clases entre obreros y burgueses toda correspondencia será recibida en cualquiera de las sierras de América

Atentamente Epicuro ArisTeo

¡Fuera de aquí Lobos esteparios no ven que Ma Rainey me está dictando! ¡Fuera de aquí Demianes no ven que estoy cotorreando con la pared!

—Don Privado, usted es un explotador

—Sí ¿y?

—Pues es usted un explotador…

—Los burgueses explotan a nuestro pueblo. Ya leí la biografía de Lenin y entendí que usted es un explotador y le voy a decir al pueblo que viva la revolución

—Sí, hombre, haz lo que quieras…

Y voy a la plaza de la constitución:

—¡Pueblo de México! ¡Viva la revolución! ¡Muera el gobierno, mueran los explotadores! ¡Vámonos todos a la sierra! Camaradas a la sierra…

(¿Qué? No se oye, no se oye, no mano todavía no se dan las condiciones objetivas ¿Qué? No se oye ¡No se ooooooyeeee! Se descompuso el micrófono)

y sobre la pared de mi cuarto estoy escribiendo:

¡Aguas Malinche, la próxima vez que veas a Cortés debes correr o de menos cerrar los ojos!

Observación del día: Si la actriz Tilisa me pidiera que me acostara con ella le diría:

—Well baby, i'm not very strong, but my friend is tarzan if you want… Alright!

Meditaciones tomando el té de las cinco cerca de la zona rosa por Epic Aris

En la zona rosa Lonely Mario lookin' for her dick she knows pretty well the relativity of love, she can go out one night with you, of course, if you are ready for ev'rything that she wants, Lola del Río

Hard Poetry is talkin' about Vietnam in free verses, yesterday he wrote a letter to Ginsberg: my dear Allen i'll be glad to be at your party tomorrow

y en la noche algunos se pasean con carteles: ¡Viva el Marqués de Sade! ¡Viva Sócrates que andaba de la mano de Carmides e Ion! ¡Vivan las fiestas de Freelove donde Butterfly (the great dancer) hace strip tease y el fotógrafo helenito sigue románticamente sus movimientos, que se ven muy bien. Abstract feels alright he's got some kids to go around in his life. He's famous painter. Unwearied kitty's speakin' out about what funny sex is and all. Rubber lover (he's got some kind of jobati in his mind) is explainin' his theories about how he balls. Todo el mundo le aplaude a Freelove sus cuadros eróticos que pintó cuando hacía el amor con Tentación el actor fálico más importante de la rosada comunidad. And me i really get busted cause my heart is very lonely but i know that you are changin' babe why don't you go to Frisco? my friends the hippies are swingin' tonight

y yo estoy en mi cuarto, very alone, tocando la guitarra y cantándole una canción a la prieta una nena que me conoce y me trata bien… Alright!

Consecuenciaconsecuenciaconsecuenciaconsecuencia consecuenciaconsecuenciaconsecuenciaconsecuencia

Necesito tu amor esta noche nena, te quiero amar hoy, no puedo estar solo, te necesito amar, me tienes que decir que sí, te quiero amar hoy, esta noche mi amor, los sueños no sirven para nada, necesito tu amor, nena, necesito tu amor. Okey mi amor así está bien, sólo así está bien, en estos tiempos difíciles así está bien mi amor ¿No te sientes feliz? ¿No te sientes feliz de decirle a mi amor que sí? Debes de saber que no puedo darte más que amor en estos tiempos difíciles. Tú y yo solos nena, y así me siento bien, sin pensar en lo que hay alrededor, así estamos bien nena. Deja que la gente triste se siga destruyendo, para nosotros nena los buenos tiempos están viniendo…

Consecuenciaconsecuenciaconsecuenciaconsecuencia consecuenciaconsecuenciaconsecuenciaconsecuencia consecuenciaconsecuencia

Fatdrunkard the very important politician of that funny institution está diciendo discursos a los indios que le están danzando a Dios para que les mande lluvia. Fatman les está explicando los postulados de la revolución luego como él es ateo en la noche va a visitar al Cuervo a la iglesia para que con una transa la iglesia apoye su campaña no importa que los dos piensen que Dios no existe los dos pueden hablar académicamente de Jesús

Bigboss —el comerciante del pueblo el patriarca del pueblo— le da su apoyo al futuro diputado Drunkard y discuten las cosas que harán en colaboración Construirán carreteras y algún balneario público. Alguien sugiere que a los indios les enseñen inglés en vez de español. Es que esa gente es muy pero muy terca dice el Bigboss

Bigboss en la noche recibe al sargento Odilón Necesita su colaboración para encontrar todas las fábricas clandestinas de mezcal el negocio del alcohol lo dirige el Bigboss. Bigboss le explica al sargento lo que es estar fuera de la ley si los indios el mezcal no le compran a él ¿quién va a promover la construcción del nuevo panteón? Los hijos del Bigboss son de la nueva generación uno es hermano marista y el otro diputado por el estado de Nuevo León El Bigboss está satisfecho del progreso familiar Y por eso en su casa tiene un letrero:

VIVA LA REVOLUCIÓN
LA JUSTICIA SOCIAL
CON DIOS NO ESTÁ
PELEADA

Desde el púlpito su hijo el cura les explica a los indios la teoría de la resignación

Desde la tribuna el otro les explica lo que en los libros de Derecho aprendió

pero los indios ¿para qué quieren hablar español si los que les están hablando son los hijos del que les vende alcohol y les quita sus tierras?

Yo estoy viajando en una camioneta recorriendo la Mixteca en compañía de Bigboss Fatdrunkard el cura y el joven diputado todos viendo

a los gendarmes levantando borrachos para llevarlos a la cárcel sólo por su distorsión De esto no tiene la culpa claro el Bigboss él es revolucionario y tiene que vivir de algo El doctor que está haciendo su servicio social está curando a un niño la gangrena que le causó cierta yerba que funcionó mal Luego el doctor vagabundea dándoles medicina a todos los campesinos que están muriendo no sólo de desolación a los lados de la brecha por donde vamos los progresistas en el camión indige-nista se van cayendo los indios que están llenos de alcohol El Bigboss está explicándole a Fatdrunkard todos los caminos que el partido del gobierno ha construido desde que volvió a creer en Dios Una familia indígena va a enterrar a un niño y el hijo cura del Bigboss se persigna y luego me toma de la mano por la conmoción Fatdrunkard como es ateo para disimular se quita el sombrero y se da ventilación El Bigboss continúa su discurso acerca de la falta de principios de los indios de que no se explica por qué no quieren aceptar nuestra religión y creen en cosas mágicas como yo Adelante un indígena le está pegando a su mujer con un bastón interviene el hijo político y me dice vea joven cómo son Yo estoy pensando en mi Dulce María y todos sus secretos de amor Hay veces que uno tiene que viajar con los que están en la desolación yo voy platicando con el joven doctor que me está diciendo que él no cree en la revolución

y después de ver y escuchar estas cosas nena yo sólo estoy pensando en ti, en ir hacia ti sin nada, en dejar que mi tiempo pase, en esperar tu tiempo de amor, en esperar el día de los propósitos en esperar el tiempo de calma, después de tanto vagabundear mis botas se han roto y nena lo que he visto en el camino no tiene sentido, por eso quiero que tú nena vengas y me des tu calma, ven nena a darme tu tiempo de amor, ven ahora que estoy a mitad del camino viendo cómo todo a mi alrededor está desapareciendo, ven nena y dame tu tiempo de amor, vamos los dos juntos viajando entre la piedra y el polvo vamos los dos por las calles oscuras, vamos los dos sobre esta ciudad entre la bruma, satisfechos de nuestra debilidad, viendo cómo detrás de las fachadas están los signos, llévame nena en tu tiempo de amor, llévame en tu tiempo de amor

y yo nena te voy a decir en medio de qué estamos escucha bien esto, esta vez no quiero salirme de tono

Don Próspero Lagarto era bolero pero un día le dio grasa a Mr. Brown, que era el que organizaba la venta de jitomates allá en la Merced, era un señor tan bueno para los negocios este Mr. Brown que el que no se los vendía amanecía de un poste colgado

Mr. Brown empezó a hacer dinero cuando vino de Cónsul ante nuestro gobierno que entonces, claro, era de la revolución. Mr. Brown era experto en negocios allá en los United States era el cerebro detrás de Al Capone. Vino a México y escogió para los negocios legales a Don Próspero. Así como Don Lagarto empezó a ganar dinero, aquí en un país que bailaba entonces el ritmo Danzón Revolución… Cuando aquí todo el mundo era comunista, Don Próspero no hablaba, trabajaba para los cines de Mr. Brown

Don Antorcha el Coyote también fue muy bueno para hacer negocios. Mientras que Moctezuma cuidaba los nopales y Xicoténcatl defendía Tenochtitlan El Coyote sostenía con Cortés pláticas secretas y luego todos los calpullis tenían su nombre y a los caballeros tigres y águilas no les quedó más que danzar cuando las armas ya no servían para pelear sino para fotografías de la revista norteamericana Life. ¡Es que México, nena, es muy internacional!

Don Good Lookin' es cosa de tradición: yo le hago lo que quiera jefe con tal de vivir bien, si le interesa mi esposa comprendo las relaciones humanas, además de todo siempre ha sido una buena secretaria, es mejor un engaño bien planeado a que me engañe con un desconocido…

Don Gold Shinin' de chico se paseó por Wall Street, los sombreros de copa, las levitas le gustaban, aunque era gente del campo soñaba con vivir bien, hay algunos que tienen que servir a César ¿qué no lo dijo Jesús?

En fin que sin el dinero nada funciona eso que ni qué. Don Gold ahora da donativos a las escuelas cristianas para que sus hijos se eduquen bien y no tengan ideas extrañas, como él las tuvo ayer cuando quien tocaba el pandero era Juárez y no el clero o sea el Opus Dei. Y cuando Don Gold está platicando dice que la cultura no sirve para nada, les dice a sus hijas que en vez de leer a Quevedo se casen con los hijos del banquero DETRÁS DE LA MÁSCARA ESTÁ LA TRANSA… Don Gold va al country club, lee Time Magazine, Life, Selecciones, usa abrigos de piel de jobatí, y viaja, como los industriales alemanes, en Mercedes Benz. Y su hija la menor, la que se hizo monja, sigue repartiendo aguinaldos a los niños pobres el 10 de mayo creyendo que es navidad

Don Agapito Oz fue el terror de Tabasco en los tiempos complicados de las tres veces (de fregada, fantoche, farsante)

revolución cuando leyó el manifiesto comunista escrito por Lenin a su hijo le puso Stalin y para que los curas no tuvieran influencia en el poder los vistió de mujeres les pintó los labios y los mandó a ahorcar y para que vieran que tenía la mente sana prohibió el alcohol a Rosita la del vestido azul la desvistió en público y luego la mandó fusilar Prohibió también los burdeles pero en su segunda casa metió a todas las mujeres pretextando que las iba también a reformar, ya ahora está tranquilo su hijo Stalin se llama ahora Manuel y él va a ser diputado por sexta vez del pri para que el coche Mustang Fastback de contrabando de su hijo Jimmi the big shit tenga placas oficiales, para que su hija la casada vaya a bailes blanco y negro en la Hacienda de Los Morales… ¿Qué te parecen estos señores nena? Pero yo francamente nena sólo estoy pensando about the birds and the bees n' the flowers n' the trees. Today I'm completely sure that you know what i mean…

Y llego a la casa de mi familia con mi facha de antifresa y toda la fam (Stalino, Siberia, pap y mam) a coro me dicen:

—Mira qué facha, pareces maricón, rebelde, degenerado, perdido, oveja negra, mancha de la fam, corrompido, pervertido, vicioso

es entonces cuando empiezo a cantar:

> i look at all the lonely people
> i look at all the lonely people
> i look at all the lonely people
> i look at all the lonely people

y me voy a mi cuarto y allí pongo en el tocadiscos Mellow Yellow de Donovan y empiezo a cantar estoy loco por juana juana está loca por mí estoy loco por paty paty está loca por mí estoy loco por ana ana está loca por mí vendrá el amarillo vendrá el amarillo estoy loco por susan susan está loca por mí vendrá el amarillo vendrá el amarillo y voy por una calle de New Orleans solo oyendo Mellow Yellow y voy persiguiendo a muchas nenas, quiero una nena, quiero una nena ¡quiero una nena! y de pronto estoy muy calmado en la playa rodeado de nenas, ¡qué ondón!

Y voy por la Avenida de los Insurgentes y me encuentro a white cat (ya lo he visto a la salida de escuelas secundarias como humbert humbert esperando, pero en vez de ninfetas boys) el profesor de pintura de mi hermana Siberia. Lo recuerdo diciéndole a Mam:

—Su hija Siberia pintando es una bestia señora, es una bestia —el muy puto diciendo eso de mi enana hermana—, y claro mi mamá —una típica señora fresa de la colonia Medianía— golpeaba a Siberia, pues mamá, como toda típica mamá fresa de una típica colonia fresa, quería una hija artista en la fam. Y pues me lo encontré y me sube a su coche y me lleva a su casa. Puedes vivir conmigo, no sé para qué sirven las mujeres. Todas de lo peor. Espejos en el techo, en todas las puertas. Y a su gatito le dice no seas tan celoso y su mozo: ay patrón no me alcanza el gasto para que coma el joven. Sale. ¡Por qué no me traje uno de los Alas para desaparecer de aquí!

—Cristo era uno de los nuestros ¿no sabes? —dice white cat y yo estoy pensando: cuando te vea cazando chavos te voy a madrear hijo de tu puto padre pinche puto de cagada y escucho a mi mamá:

—Mi hija Siberia pinta pero no de esas cochinadas que nadie entiende, sino cuadros muy bonitos de paisajes, naturalezas muertas, bellísimo y escucho a la fam diciendo por enésima vez: rebelde, perdido, vago y yo: gracias, gracias, gracias, y entonces me viene una onda: estoy con mi conjunto de rock cantando i see a red door and i want it painted black no colors anymore i want them to turn black y aparecen las patys y los que ruedan y en la sala se hace la pachanga y todos estamos rocanroleando y mi fam petrificada y yo i see the girls walk by, dressed in the summer clothes i have to turn my head until me darkness goes… painted black, black as night… painted black…

Pero yo Dios te digo que ya no juego, me doy, ya no puedo seguir así, viendo esto, me doy, me doy, ¡meeeeedoooooooooy!

Señoras y señores vamos llegando a LATIERRADELASMILTRANSAS… NACOLANDIA o en su defecto TUNALAND… Como este lugar realmente no hay dos, es el sitio más horrorosamente surrealista del mundo, si alguno de ustedes desaparece no es nuestra culpa, aún hay tribus aztecas que coleccionan cabezas… No se espanten pues en realidad todo es parte del folklore… ¡Sabor ahí! Me aventé, me dedicaré al oficio de pastor de almas, o de menos a diputado, pero cuando menos este artículo sí lo mando a la revista política ALWAYS A FINK…

Estoy en un bar en New Orleans como siempre, solo y en onda. ¿Te acuerdas Sofía cuando me pasaba en tu casa oyendo los discos de Elvis, viéndote? Tú sentada en un sillón y yo fingiendo cantar King Creole. El disco en el alta fidelidad de la sala. Yo imitando los pasos de Elvis, su estilo de bailar. Tú muerta de risa. Yo feliz de la vida. Entonces yo te quería mucho, entonces yo no dormía pues pensaba todas las noches en ti y todas las noches esperaba que viniera el nuevo día para volverte a ver. Siempre amándote Sofía, siempre enamorado de ti. Salud Sofía, desde este puerco bar salud, acepta el brindis de este romántico y empedernido borracho. Y en la sinfonola Send Me Some Lovin' canta Little Richard. Sofía, en un bar casi oscuro estoy como los otros borrachos con la vista fija en nada, sintiendo que dentro de mí todo está vacío… Sí Sofía esta noche me voy a seguir emborrachando hasta que me lleve la chingada… Send Me some lovin' send it i pry how can i love

emoción transformación alucinación estoy al piano del bar cantando Send me your picture send it my dear so i can hold it pretendin' you are here can you send me your kisses so i can feel your touch don't you know don't you know i miss you so babe y aparece sofía vestida muy vamp, fumando, el cigarro en una boquilla larga, viene entre luces de colores, llega hasta el piano y me acaricia el cabello, hombres solos bebiendo en la barra, mujeres airadas en las mesas, abrazando clientes, yo con un estilo muy soul tocando el piano, cantando don't you know i miss you so much my days are so lonely my nights are so blues i'm here and i'm lonely I'm waitin' alone... clientes y airadas aplauden

—Maravilloso —me dice Sofía en voz baja

—¡Sofía! ¿Por qué no podemos ser iguales? ¿Por qué no hemos podido amarnos? ¿Por qué en ti que he visto la ternura, la compasión, la bondad, la dignidad, la paciencia, la espera, no puedes ser mía? ¿Por qué demonios tengo que estar aquí emborrachándome como imbécil? ¿Por qué demonios tengo que estar solo? ¿Por qué Sofía? ¿Por qué? ¡¡¡¿POR QUÉ?!!! ¿Por qué mi amor? Sí, te estoy viendo en tu recámara releyendo los versos que te di. Pago las cervezas consumidas y me voy a ver un strip tease

Soy el único cliente a las cuatro de la mañana, le he dicho a la stripteaser que para mí no tiene que bailar. Fuera la gente grita, pasos, voces, mujeres enjoyadas vestidas de negro del brazo de hombres con camisas de cuello, corbatas y caras impecables, y yo ofreciéndole a la stripteaser mi solidaridad Salgo del cabaret y entro a otro bar. Y selecciono en la sinfonola Paint It Black de los Rolling Stones Mick empieza a cantar I see a red door and I want it painted black...

sí, hay que ser honestos siempre, sinceros siempre, no hay futuro, no hay seguridad, sólo hay un tiempo, un tiempo, un tiempo para amar la rosa, un tiempo para sentir la rosa, porque atrás está el puente, porque atrás está el abismo, porque atrás no hay nada, porque adelante no hay nada, porque mañana es otro amanecer, porque mañana las ventanas y las puertas de las casas estarán cerradas, pero aún hoy hay una esperanza, porque la noche está tranquila, porque no hay memoria, porque no se puede seguir viviendo a tientas, porque todos los días hay que amar, en eso reside la esperanza, sin amor la vida no es nada, no es calma es ruido, no es armonía, sin amor la vida es un secreto siempre, sin amor la gente vive dentro de aparadores de acero, usa lentes negros, máscaras y trucos con la vida, y yo ¡Sofía qué solo estoy!

Consecuenciaconsecuenciaconsecuenciaconsecuenciaconsecuenciaconsecuenciaconsecuenciaconsecuencia PASTO VERDE PASTO VERDE EL PASTO ES VERDE EL CIELO AZUL LAS NUBES BLANCAS LA LUNA ES BLANCA EL AMANECER ANARANJADO EL PASTO MENA ES VERDE EL COLOR DE LA SOLEDAD ES AZUL PERO EL PASTO ES VERDE NENA Y EL COLOR DEL CIELO AL AMANECER ES ANARANJADO ES ANARANJADO y yo nena te estoy diciendo que te quiero hablar de los pájaros y las abejas y los árboles y las flores si tú entiendes lo que te quiero decir...

Aftermath: en los entierros de hombres célebres la gente dice discursos nena habla del aire y la región transparente, mujeres de negro cubiertas de mantillas de seda lloran, los hombres le echan al difunto un fraternal puño de tierra y ese mismo día la gente está muy ocupada viajando en camiones haciendo transacciones, hablando de Oriente y Occidente, checando sus tarjetas de trabajo, aspirando gasolina y humo, bebiendo y comiendo, bailando y fornicando, la gente se olvida un rato de la mala vida en los centros nocturnos, la gente, nena, va a cocteles y a tés de caridad y a bodas y tú nena estás en tu recámara esperando que las cosas cambien para nosotros, y yo también nena estoy esperando que las cosas cambien. Porque nena ya no puedo vivir sin ti, ya no puedo vivir en esta constante huida, ya no quiero estar fuera del mundo, nena por favor regresa a mí, nena por favor ven a darme tu amor, ya no quiero salirme del mundo, ya no, ya no, ya no, ¡ya no! Please babe, i beg you let's spend the night together vamos a hacer la casa nena, vamos a casa nena, vamos a casa, quiero que estemos juntos, que vivamos el mismo tiempo, los dos viviendo un tiempo nena, nena ven por favor, ya no quiero sentirme solo, ya no...

Y cuando estoy haciendo estas geniales elucubraciones cerebrales llega Sadito Otistlán a mi cuarto del Pesebre (lugar para los desamparados) y me dice:

—¿Sabías que nuestro cuate el Conejo es tibio?

—No pero ¿cómo lo descubriste?

—Ayer en la tarde me trepé dos viejas al coche y fuimos al Desierto de los Leones y yo empecé a fajar y el Conejo no atacaba. Y me bajé del coche y lo llamé ¿Sabes de qué se trata, no?

—Sí… sí…

—¿Entonces?

—¿Qué?

—¿Se trata de coger?

—Sí, sí, te entiendo

—Entonces ¿por qué estás de pendejo?

—¿Por qué?

—Mi vieja quiere que me la coja y tú estás de puto

—Es que no todo es sexo, Sadito

—Eres un puto, eso, eres un puto. No me había dado cuenta, eres un puto. Sí, eres puto. Con razón no te coges a Shirley. Sí, ella ha de ser lesbiana. Por eso no cogen… Si ya me habían pasado el tip de que su amiga era lesbiana… uno de los cuates tibio, claro, por eso se llevaba bien con Shirley

y yo prefiero fugarme y elevarme y no seguir escuchando a Sadito que siempre me viene a contar sus descubrimientos de putos y lesbianas, éste es el caso 24563847. ¿Quién carajos soy yo para criticar a un puto y a una lesbiana?

—A mí esto, Sadito —le digo muy cool—, me vale madres

—Okey, nos vemos…

—Chao pasado…

y cuando Sadito sale de mi habitación, voy a la terraza a regar mis flores y empiezo a cantar Tú y las nubes me traen muy loco Tú y las nubes me traen muy alto Tú y las nubes se hicieron para soñar. Regadas mis flores regreso a la cama y leo mi oración diaria que está en un papel pegado a la pared:

POEMA DE CONCRETO

Norman Mailer	Murió por la patria
Ruega por él	
Allen Ginsberg	Murió por la patria
Ruega por él	
William Bourroughs	Murió por la patria
Ruega por él	
Gregory Corzo	Murió por la patria
Ruega por él	
Jack Kerouac	Murió por la patria
Ruega por él	

y tengo un sueño vaciado, chistosísimo; de veras que un sueño chistosísimo: el sol está brillando o sea que la tarde está asoleada, yo voy partiendo plaza, la gente me empieza a gritar ¡Fuera del ruedo greñudo cochino, degenerado, puto, pervertido, sucio, puerco, de lo peor! En los tendidos, charros y chinas poblanas. Mariachis tocando Guadalajara. Grupos de baile bailando el Jarabe Tapatío. Yo con la montera agradeciendo los insultos y los objetos que la gente me lanza. Bailando un danzón y luego un rock. Olé, olé, a mí el de las mil cabezas me la pela. ¡Qué bien me veo de flamenco bailando en medio de la plaza, si me viera Rocío! ¡Olé, Olé matador!

y cuando estoy escribiendo mi sueño llega a mi cueva Torombolo y su dama, les presto mi sitio para que se amen cual todas las parejas enamoradas lo hacen, muy hip salgo a la terraza a regar mis plantas y flores. Escucho el soundtrack de un hombre y una mujer. Pero yo estoy en la sierra mixteca, oyendo de los indios los secretos de su melancolía, estoy sintiendo su nostalgia. Aparece La Maga y me murmura sus secretos, a veces me río, a veces lloro, a veces siento que me muero, pero a veces veo detrás de las sonrisas caras deformadas. Veo a Humberdick presiguiendo en su coche Valiant ninfetas, veo a Dreamin que imagina amantes cuando lee novelas de Corín Tellado, aunque las novelas siempre sean muy rosas, su sangre es roja, y Dreamin a pesar de ser muy puritana también tiene sus flaquezas, veo a Failure Girl orando a un santo. Sale Torombolo y me dice:

—Muchas gracias maese Epicuro…

—De nada, de nada, soy fiel a la consigna Make Love Not War

—Gracias, Epicuro —me dice su dama

—No tienes por qué dármelas, le estaba diciendo a Torombolo que soy pacifista… Chao, chao, Make Love Not War. Make Love Not War

La onda soy yo nena la onda soy yo ¿cuál es la onda? Pues la mía, between the buttons yo soy el amo y try harder, you know come on girl, just follow me i really know where the action is follow me babe, la onda soy yo nena just follow me babe, let's swing together babe we need love let's play to the house, babe let's play if you know what i mean… yo soy el flautista mágico nena, sígueme, sí nena sígueme, yo soy el flautista mágico, sígueme nena, sígueme, sígueme nena, la onda soy yo, no seas fresa nena, no seas ranchera, no seas incivilizada, no te quedes atrás

Estoy en una fiesta de gente de la sonaja o la zona rosa, el aire huele a intelectualidad, un conjunto de rock toca She Loves You de los Beatles, en el piano una aspirante a actriz hace strip tease, parejas sentadas en el suelo, sobre cojines, besuqueándose. Todo el mundo en el destrampe, parejas bailando chocando unas contra las otras. Yo estoy acostado bajo el piano. Una amiga me localiza:

—¿Qué haces ahí?

—Fumando…

—Ven, vamos a bailar…

—No, nena, estoy mejor aquí, tranquilo, estoy pensando about the birds and the bees…

—Allá tú…

Y mi amiga se pone a bailar sola. Thalía número 3456548 en un rincón besuquea a Aspirante a Cara Número 1 del Cine Nacional número 67859374, el autor del Sexo Amortiguado se emborracha con la esposa del director famoso-por-la-puesta-en- escena-de-la-obra Los Pechos Adolescentes de la prestigiada escritora Sonia Stop, quien se deja querer por el pintor Yoyo Cavernas, la actriz Kikis Streets alocadamente besa al director de cine Sebastián Arañas, famoso por la cinta La Rebelión de los Nacolitanos. Salgo de mi escondite. Veo a una nena que parece intelectual, está mona, pero

—Hola

No me fuma

—¿Estás aburrida?

—No —dice sin verme

—Soy escritor, bueno, pretendo serlo, y mi tío es Carlos Fuentes

Hace el favor de verme, me revisa con la vista

—Sí, Carlitos es mi tío, me llamo Epicuro Fuentes y he escrito un libro próximo a aparecer en la Editorial Kamasutra titulado 69 Cuentos en los que el Horror se Convierte en Amor o bien El Sexo Inconexo. La temática nena es tranquila, es sobre cómo a través del incesto volvemos a nuestro pasado, cómo por él regresamos al paraíso perdido, o sea cómo el hombre y la mujer por el incesto vuelven a su verdadera naturaleza

—Oh, muy interesante…

—Y en el teatro Verdolaga van a estrenar mi obra Los Sodomitas Llegaron Ya…

—Por el título se ve que es muy original

—Is babe, is. Y en Nueva York estrenan otra obra mía también sobre incesto titulada My Sister is the Real Love of my Life

—No entiendo el título, pero suena bien

—Es que se lo puse en checo para hacerla de más suspense. ¿No has leído alguno de mis cuentos en las revistas y suplementos culturales?

—Perdón, ¿cómo dijiste que te llamabas?

—Epicuro Fuentes…

—Ah, sí, sí, son geniales…

—Gracias…

—¿Ya leíste el Castillo de Kafka?

—Nena, Kafka desde años está out. Se ve que estás muy atrasada, hace años que la literatura polaca dejó de funcionar, los que están arrollando ahora son los de África

—¿Sí?

—Sí, amiga, estamos volviendo al tiempo perdido. ¿No has leído Los Tiburones Empedrados de Changó?

—No

—Muy mal, muy mal. Pero paralelamente a la literatura africana está la yugoslava. ¿No has leído El Oso Destapado de Kaganoff?

—No —empieza a temblar de ignorancia

—¿Ni Las Quejas son Pendejas de Stalinofo?

—No

—¿NO SABES YUGOSLAVO?

—No

—Muy mal amiga, el yugoslavo actualmente es la base, el francés y el inglés ya están tok

—¿Qué?

—Tok

—¿Qué es tok?

—Out

—¿Qué? Perdóname pero tampoco hablo francés

—Qué lástima, yo quería tener una conversación intelectual contigo, gusto en conocerte…

—Me saludas a tu tío…

—Cómo no, amiga. Si quieres dame tu dirección y cuando haya fiesta en su residencia te invito

—¿Perfecto? —entusiasmadísima me da su dirección

Satisfecho de mi manera de ligar la dejo y ya cansado de la fiesta y de la onda me subo al piano y les pido a los rocanroleros que me acompañen. Eve Of Destruction. ¡Sabor!

En la prepa conozco a Escuerina, platico con ella about the birds and the bees, tratando de ser simpático, le hablo por teléfono a su casa diariamente por la tarde, la invito a la nevería, nunca acepta, mamá no me deja sabes, dice que aún estoy muy chica para salir con muchachos sola a la calle. Yo estoy rebotando de amor por ella, pero ella me trata mal, toda su actitud hacia mí es de plena indiferencia, esto me mata, digo, hace que me enamore más y más de ella. Escuerina tal vez detesta un poco mi aspecto rocanrolero, siempre voy a la prepa vestido con camisas de colores eléctricos, pantalones rosas chachachá de bolsas charras, y zapatos blancos, uso una melena abultada a la Little Richard, casi nunca entro a clases por estar con la guitarrita rocanroleando las canciones que canta Presley. A pesar de que soy consciente de que Escuerina es muy cuadrada derrapo por ella, la busco como loquito por toda la prepa, cada vez que la veo el corazón se me alborota, las piernas me tiemblan y de veras siento que me voy a morir. Escuerina ni se inmuta, me ve, me saluda: hola Epicuro y sigue su fresa camino. Muchas nenas andan muertas por mí, pero yo ando muerto por Escuerina ¿Oh Dios qué debo hacer? Perder mi facha rocanrolera nunca. Si Escuerina me quiere, me tiene que querer como soy, ni más ni menos. Una tarde armado de valor y otras cosas parecidas le hablo a su casa

—Hola nena

—¿Quién de mis tantos pretendientes eres?

—Epicuro Aris...

—Ah sí... hola...

—Hola Escuerina

—¿Qué quieres, eh?

—Decirte un secreto… bueno no es un secreto pero sí una cosa confidencial. ¿Desde hace cuánto tiempo somos amigos Escuerina?

—No sé, digo, no me fijo en eso…

—Llevamos como seis meses de hablarnos en la prepa y por teléfono. ¿No crees que ya es demasiado tiempo para una solemne amistad?

—¿Qué tratas de decirme?

—Que nuestro tiempo de amigos ha pasado… Digo, cuando dos personas, un hombre y una mujer, se entienden, las cosas tienen que cambiar, yo, digo, me caes muy bien Escuerina…

—Gracias Epicuro… no te molestaría si te dijera que me hables más tarde porque mi mamá quiere hablar por teléfono…

—Es que yo te quiero decir una cosa muy importante para los dos… (Es obvio decir que estoy sudando como cerdo)

—Mi mamá va a ocupar el teléfono… si quieres háblame más tarde

—Es que es muy pero muy importante Escuerina… Si no te lo digo ahorita ya no te lo digo nunca…

—Me perdonas, pero no te puedo escuchar… Háblame dentro de media hora…

—Okey, te vuelvo a telefonear en media hora…

Media hora, pero qué media hora, la media hora más larga de mi enana existencia, sintiéndome la maldita media hora un condenado a muerte, un condenado camino al patíbulo, de veras que qué insoportable media hora, fumando como enajenado, oyendo una y otra vez Love Me Tender de Presley, bailando como maniático. Pensando que la media hora me la había dado para hacerla de emoción y decirme que sí. A la media hora volvería a nacer. Epic Aris el amo-de-las-nenas-de-la-prepa-Novio-de-la-nena-más-hermosa-de-la-prepa: Escuerina Freud

¡Qué cherry se veía el día que la coronaron como reina de la Prepa! Bajando de blanco por la escalera del salón que la soc. de alumnos alquiló para tal acto

yo de smoking viéndola bajar, oh oh oh oh, muriéndome de amor por ti Escuerina. Toda la naquisa preparatoriana aplaudiendo, yo rodeado de mis nenas sintiéndome, no sé por qué, el jefe. Bailando con Escuerina muy fresa Las Novias de Ingeniería. Esa noche no dormí, lo que hice fue rememorar segundo a segundo los momentos que pasé con ella. Recordando sus palabras: ay qué chistoso eres Epicuro ¿Y por qué te llamas Epicrudo y no tienes un nombre cristiano? Mira, verás, es cosa que rara vez cuento, pero a ti confesaré mi secreto. Cuando me llevaron al registro civil mi papá iba crudo y con hipo y cuando el señor juez o lo que sea preguntó ¿qué nombre le ponemos al niño? papá se alocó, le vino el hipo y dijo señor juez estoy crudo. Y mamá ratificó oh es un nombre precioso: Epicrudo, y es por eso que en vez de llamarme Pancho López, me llamo Epicuro A. López Villa Sonora. Amén de que mi familia no es cristiana, sino budista. ¿Y ustedes en qué creen? En nada. ¿En nada? Sí, nena, en la nada. Cuando dejas de ser tú, no eres tú y pasas a formar parte de la nada, y La Nada es Dios, digo, más o menos así está el cotorreo de mi religión. Pero yo no voy a misa ni viajo en camiones. En realidad yo nomás soy budista porque uno debe tener la religión que le hereda a uno su familia ¿No crees Escuerina? Time is Over… Me precipito, como torrente, hacia el teléfono. La sirvienta me dice que la señorita Escuerina Freud salió con su mamacita. Cuelgo trabado del coraje recordándole a la autora de sus días

Lo que me encolerizó fue la sutil manera de decirme que no. Me hubiera dicho ella vocalmente: no, y yo me hubiera calmado, le hubiera pedido una esperanza. Pero lo peor es que yo muy seguro que me diría que sí, digo, la forma en que me ve Escuerina, la forma en que me habla, pero de seguro me dijo que no por la facha de rebelde sin causa, pero cambiar mi facha por una novia fresa, nunca, nunca. Y ¿qué me queda cuando mi amor me ha rechazado? ¿Qué puedo hacer cuando mi amor me ha roto en mil pedazos el corazón? ¿Cuándo ella me dejó por mi tipo rock? ¿Qué puedo hacer cuando mi amor otra vez se ha ido? Tirarme al vicio o dedicarme de lleno al rocanroleo. Y para demostrarle a Escuerina Freud que aunque la quiero el cortón no me dolió, organizo un té danzante y formo un conjunto de rock Maese Epic Aris y sus Floreros Despostillados

Todas las nenas de la prepa rodeando el lugar donde canto acompañado de mi conjunto Shake, Rattle n'Roll:

get out of that bed
n' wash your face n' hands
you don't hear me
Get out of that bed
n' wash your face n' hands
you won't do right
to save your natural soul
but shake, rattle and roll

Dominada nena, dominada Escuerina, tú que me dijiste que no, viéndome sobre el entarimado rocanroleando, pero ahora sí muérete… Shake, rattle n' roll all night long. Shake, rattle n' roll baby, shake, rattle n' roll… Las nenas deliran por mí. Los cuates piden otra. Yo, muy cool, tranquilos, tranquilos. Le dedico esta interpretación a Escuerina Freud, la reina de la prepa. Confusión, aplausos, Escuerina coloradita, apenadísima. Empiezo la canción: you are a heartbreaker, you are heartbreaker… Escuerina entiende la indirecta y se enferma, yo muy me vale madres sigo cantando, las nenas muriéndose por mí, los cuates palmoteando… But you can't break my heart anymore… Escuerina entiende la indirecta

Ya ves Escuerina tú abajo y yo aquí cantando, despúes de todo nena no se me acabó el buen humor
El Rey y la reina de la prepa juntos otra vez

Y en el patio, acompañado por los Floreros Despostillados, estoy cantando Nena, Juguemos a la Casita. Los profesores exigiendo a los alumnos que vuelvan al salón de actos. Todos los cuates y las nenas de la prepa rocanroleando en el patio. Escuerina Freud palmoteando a mi lado…

frente al espejo me estoy diciendo:

—Epicuro eres un imbécil, otra que se te va nada más por la facha… Escuerina tiene que ser tuya… tuya… ¿me entiendes? ¿ME ENTIENDES? Aunque sea en sueños…

en la noche, la noche es muy romántica, muy pero muy romántica, hay luna y oscuridad románticas y yo en una Fiesta Fresa estoy. Llega Escuerina Freud. Su belleza apantalla a todo el mundo, a adultos y menores de edad. Escuerina se quita su abrigo blanco de plumas de pavo real. Me ve. Viene a mí

—Tú eres el famoso rocanrolero rebelde Epic Aris —dice señalándome con el dedo índice de su diestra

—Is babe, is…

La tomo de las manos. Nuestras miradas fijas. ¡Qué bella estás esta noche nena! ¡Mi corazón late por ti, escucha el bum bum, es por ti! Los dos parecemos seres angelinos pues de blanco estamos vestidos. Salimos al jardín. Vamos caminando por una vereda entre flores, llegamos a una banca muy cherry, rosa, y of course nos sentamos. La luz de la luna entre los fresnos, sobre nosotros, música en el aire, yo cantando los versos finales de Young and Beatiful: oh take this heart i offer you and never say be free then you'll be forever young n' beatiful to me n' she kiss me n' hold me! Far out I said far out i'm your cool tiger Escuerina, i'm your real kool kat, doncha think?

Luces en el jardín, los invitados a la Freseada, aplauden. Y obviamente los aplausos me despiertan… to me, to me, to me, to me… quito el disco de Elvis… ¿Por qué me dijiste que no, why? I'm cryin', babe! I'M CRYIN' y aparece mi Angelina

—Bah, tanto drama por una fresa

—Pero yo la quería…

—Era fresa, no era de tu onda, entiéndelo, debes entender que una fresa nunca te va a entender. Ella es habitante de un mundo cuadrado, su onda se circunscribe a un cuadrado, está limitado, no puede entender la onda rodante, presleyana, le gustan las matemáticas y no el rock, so…

—Pero tal vez…

—¿Te vas a volver fresa?

—Nop

—So… A dormir…

—Chao Angelina

—Chao, y ya no seas tan payaso, tu nena ya vendrá

—Espero, chao…

—Chao…

—¡No te despidas así, digo, no con ese tono de voz que me mata, me mata tu voz cuando hablas así, me da la temblorosa por todo el cuerpo y me parece que me voy a morir, no me hables así, se me enchina la piel!

Poco a poco la figura de angelina se va desvaneciendo

Al poco rato tengo un sueño nuevo, reconfortante y antifresa.

En la marquesina del Teatro Iris: Hoy Hoy Noche Rocanrolera EPIC ARIS —Los Floreros Despostillados— Las Mague Yets. Localidades agotadas…

En las butacas de primera fila todas aquellas nenas que pretendí y no me pelaron, con sus respectivos esposos e hijos, entre ellas sobresaliendo Sofía, Rocío, Claudia y Escuerina. ¡Qué bello cuadro de cuadrados! Se apagan las luces de la sala, se abre el telón, luces multicolores sobre el foro, aparezco seguido de los Floreros y de las bailarinas (a) las Mague Yets. Aplauso general de las nenas. De galería cae una que otra desmayada, entran camilleros, las recogen. De seguro mis pretendidas les están cuchicheando a sus hijas: él oudo haber sido tu padre. Empiezo el show: you don' like crazy music, you don't like rockin' bands, you just wanna go to the movie show and sittin' holdin' hands, baby you're so square, baby I don't care... Sofía, Rocío, Claudia y Escuerina al unísono lloran. Los esposos enfermos... las nenas alocadísimas, delirando, yo muy hip... i guess because you're so square, baby i don't care, baby i don't care, care, care, care...

Sí, nenas, yo les decía vamos a rocanrolear un rato, vamos a divertirnos un rato, olvídense un poco de su onda fresa, olvídense de la herencia de papá y mamá, sean un poco más vitales, y ahora las nenas, casadas, viviendo como papá y mamá

Y yo, amigas, aquí en el camino, cotorreando con la oscuridad, pensando en ustedes que querían vivir un poco diferente a como vivieron papá y mamá, pero ahora, sus esposos en el trabajo tratando de hacerlo lo mejor posible para que les aumenten el sueldo y los suban de puesto y puedan ahorrar dinero para que con el tiempo se compren una casita y tengan su cochecito nuevo y en las vacaciones puedan irse a Acapulco y recordar la luna de miel. Qué bonito, qué bonito, Mmmmmm. Me muero de la envidia. Y ustedes mis nenas fresas horas y horas en la casa, cambiando a los bebés los pañalitos y yendo al salón de belleza y cuidando que las sirvientas limpien bien los muebles, laven los pisos, laven la ropa, vigilando nenas y haciendo ejercicios de gimnasia y en las tardes viendo las telenovelas... ¡Qué suave, qué ondón! Dejadme inscribirme en vuestra sociedad, un sitio en la ASOCIACIÓN FRESERA DE LA COLONIA MEDIANÍA

pero yo francamente prefiero ver los colores del arco iris, ver la luna blanca, ver el pasto verde, ver las flores, ver las rosas, ver las Dalias que tengo en mi jardín, verlas crecer, cambiando de colores, ver castillos en el cielo donde moran princesas de plástico, ver piedras preciosas entre la oscuridad... ¡Ver el camino, mirar tu casa enrejada, nena! Chao, chao my strawberry girl forever!

y dejo la pluma de avestruz con la que suelo escribir y salgo a la terraza de mi cueva a regar mis flores y mis plantas

Un poco en onda acompañado de los rodantes llego a casa de Pepcoke Gin. Motivo: (¡Oh Dios, sólo ver!) a su divina esposa Daisy. Gin nos firma sus libros. Le decimos que su libro sobre los cuates burgueses es muy bueno. Claro, que todo porque tiene una esposa divina. Nos dice que a una periodista que lo entrevistó le declaró que él estaba en pro de la revolución. Yo le digo que a mí la revolución me vale madres. Él nos dice que está escribiendo un ensayo sobre los Rolling Stones. Yo le digo que yo ya escribí uno, muy stoned el artículo. Gin me dice que Lolita es genial, que escribió una nota crítica sobre ella. Yo le digo que yo no porque no me la he cogido. Gin se molesta un poco, por lo visto mi sentido del humor no lo excita. Después de todo, recapacito, no tiene por qué excitarse. Daisy lo abraz y lo besa. Yo, of course, muerto de la envidia. Bebemos. Escuchamos discos de los Rolling Stones. De pronto Howl dice

—Va Juan Diego hecho un pendejo, todo jodido, cargado de mazorcas, y oye una voz que le dice pss, psss y Juan Diego dice ¿qué pasa? Psss, psss insiste la voz y Juan Diego, un poco con miedo, voltea y ve a una gorda, Juan Diego anda hasta el cepillo, alumbradísimo y la gorda le dice, te andaba buscando, no tengas miedo, vengo a salvar a tu pueblo, Juan Diego dice no lo creo, ¿qué pasa? Juan Diego no se da cuenta de lo que pasa y al rato cree que está viendo rosas en vez de mazorcas, aún no lo cree y dice ¡qué onda traigo! Pero las rosas ahí están, y luego busca a la gorda y nada y entonces corre a decirle a todo el mundo que vean las rosas, y como todo el pueblo anda hasta el gorro empiezan a correr por las calles ¡Milagro, milagro, milagro!

Gin y Daisy y los rodantes y yo estamos botando de la risa de la onda que Howl lanzó

My King Creole Dream No. 2269: en la Alameda Central me encuentro a Porfirio Díaz y me dice

—Hola enano ¿qué andas haciendo por aquí?

—Cotorreando el punto ¿y tú?

—Voy a la Editorial Libertad a entregar mi último libro: El Respeto al Derecho Ajeno…

—Eso espero…

—¿Qué?

—Sí, que respeten lo que dices, espero que no sea pornográfico, pero de veras que espero que respeten lo que dices…

—¿Quiénes?

—Pues a los que no les guste lo que dices. Digo, si estás diciendo que la gente no entre a tu casa, pues que no entre ¿no? Sí, mira, si yo escribo un libro sobre lifelessness es para que la gente no se altere sino para que la gente sepa quién soy yo y quiénes son ellos, digo, por ejemplo yo no iría a las fiestas que haces en tu palacio, no es que te desprecie, simplemente que a mí las fiestas patrióticas me aburren…

—Pues te iba a invitar a una…

—Gracias de todos modos Porfi, gracias, pero yo también soy escritor y escribo entre la oscuridad, o sea de noche, y tengo que escribir para comer, yo no escribo nada más de onda, aunque escriba siempre sobre la nada y sus alrededores…

—No seas tan solemne con el oficio

—Qué quieres, así soy Porfi. Chao, te portas bien

—Igualmente

—Que tenga éxito tu libro. Y no te alteres, ya no te creas mucho

—Igualmente

—Me saludas a la familia, ¿cómo están los niños?

—Muy bien, practicando gimnasia

—Perfecto, te felicito, adiós Porfi

—Adiós Epicuro

—Take it easy n' be good Be good Porfi nada te cuesta, digo, es difícil el papel de dictador bondadoso y siervo de la nación, es muy difícil papel porfi…

—Todo sea por el pueblo…

—Chaoooooo…

Leyendo el periódico: Concurso Nacional de Literatura, Novela, Cuento y Ensayo, patrocinado por el Instituto Nacional de la Juventud Mexicana. Tema: revolucionario. Oh oh oh, si gano el concurso diez mil pesos. Debo de hacer un cuento muy revolucionario

El Rey era un cuate vaciado, nada más que por feo tenía muchos complejos y por eso a veces se sentía muy pero muy desdichado. Las nenas siempre preferían —obviamente— a los cuates caritas que a él. El Rey siempre vivió en la onda hasta tronar. El Rey tenía un coche para pasear a sus amigos: Howl, Apolo, Beto. Todos los sábados en su coche buscando la onda, todos los sábados chupando como cosacos, oyendo la radio, pasándose altos, mentándole la madre a los policías y a los agentes de tránsito, en fiestas donde nadie los había invitado, pleitos, mentadas de madre a los dueños de la casa y a los invitados, buscando arañas para coger, pero a fin de cuentas siempre en la onda. Un buen día el Rey conoció a Sadito Otistlán. Sadito tenía todo lo que él no tenía: cazota —la mejor de la colonia Medianía—, cochezotes —los mejores de la colonia— y dinero —el mejor de la Medianía—. Rey empezó a juntarse con Sadito, a seguirlo en sus ondas. Al poco tiempo Sadito, querido jurado revolucionario, era el héroe máximo del Rey. En su cochezote Sadis siempre traía ninfetas y botellas de whisky. A Sadito todo en la vida le valía madres. Y Sadito se dedicaba a toda clase de violaciones: nenas, mentarle la madre a los agentes de tránsito, etc. Cuando las nenas de las calles de la Medianía veían pasar el coche de Sadi, se alocaban. Todas trataban de andar en su coche, todas querían darle su decencia. Sadito era el mejor partido de la ya famosa colonia Medianía. Sadito se acostaba con las medianeras y el Rey llevaba la cuenta. Para el Rey no había otro cuate más destrampado que

Sadis. ¡Qué conquistador era Sadis! ¡Qué fregón para las viejas! Y como a Sadito todo le valía madres, queridos miembros del jurado del concurso del cuento revolucionario, las embarazaba

Y así sucedió que el Rey iba en el asiento de atrás, chupando whisky, y Sadito y Estúpida No. 6969 en el de adelante del coche Mustang, regalo de papá a Sadis por haber cumplido 19 años de andar por la ya famosa colonia Medianía. Avenida de los Insurgentes

—Sadi —dice Estúpida

—¿Qué?

—Estoy en varas…

—¿Qué?

—Que ya me fregaste…

—¿Qué?

—Estoy encinta…

—¿Y?

—Pues que… voy a ser la mamá de tu hijo, Sadi…

—Y…

—¿Qué hacemos Sadi?

—A mí me vale madres lo que hagas…

—¿Qué?

—Digo, yo no tengo la culpa…

—Yo era virgen Sadi…

—Y…

—Te di todo…

—Tú quisiste…

—Pero yo no me esperaba que pasara esto…

—Ni yo tampoco Y qué quieres que haga si no me voy a casar contigo…

—Pues no sé, es tu hijo…

—Por el momento olvídalo, antes de coger nunca me gusta estar de mal humor, no gozo… Oye, ¿cómo te cae el Rey?

—Bien…

—¿Me quieres mucho Estúpida?

—Con toda mi alma

—¿Harías cualquier cosa por mí?

—Lo que me pidas…

—El Rey quiere acostarse contigo…

—¿Qué?

—Sí, no seas anticuada, yo lo estimo mucho y le dije que si tú querías…

—Pero yo me acosté contigo porque…

—Sí, ya sé, pero hoy es otro día, es otra onda, no tiene nada de malo que te acuestes conmigo y luego con el Rey. Digo, él es mi cuate…

—Estoy embarazada, Sadi…

—Orita no me chingues, te vas a acostar con el Rey

—Yo siempre he hecho lo que tú me dices…

Pasan cinco meses, señores del jurado. Estamos en la casa de Estúpida. Suena el teléfono. La mamá de Estúpida está lavando los trastos, el papá y la hermana están viendo la tele. Son las ocho y media. La familia muy tranquila después de un día más de actividad. Estúpida acabando de cenar fue a su cuarto, desde hace días la familia la ha notado preocupada, algo misteriosa, ha de ser por la escuela. Estúpida estudia el primer año de sicología. La mamá de Estúpida va al teléfono secándose las manos con su mandil. Alza la bocina

—Casa de la familia Eternamente viviendo en un Edificio

La voz:

—Señora, le hablo para darle una notica que supongo no le va a agradar mucho pues a ninguna madre le gusta aceptar que su hija va a ser una madre soltera… Vaya y tóquele la barriguita a su hijita. Clic

La señora empieza a desvariar, quiere llorar, quiere correr, quiere gritar, está paralizada, temblando

—No, no, no, no, no lo creo, imposible, eso no es cierto, no, mi hija, mi niñita, no

La hermana, Secretaria Unilingüe, y papá viendo tele, sin enterarse de lo que detrás de ellos acontece. Mamá va en busca de Estúpida, obviamente llorando. Abre la puerta, Estúpida está en la cama, fumando

—Dime que no es cierto…

—¿Qué?

—Dime que no es cierto

—¿Qué mamá?

Estúpida fuma y exhala el humo, que choca contra el rostro de su señora madre, quien le dice

—Dime que no…

—Estás nerviosa mamá ¿qué te pasa? Tómate un calmante —se levanta y va hacia la cómoda, abre un cajón—, mira aquí tengo…

La señora se acerca a Estúpida y trata de tocarle el vientre

—¿Qué te pasa mami, te volviste loca?

—Sí, sí, es cierto —en las palabras se le sale todo el aire, se recarga en la pared, llorando—. Era cierto… tú, mi niña, tú…

—Aich mami, eso pasa hasta en las mejores familias

La señora cae al suelo noqueada por el fantasma de la desilusión. De un golpe le tiró todas las ilusiones puestas en la virginidad de su hija Estúpida. La señora quedó noqueada. Y la caída de la señora llama la atención de los fanáticos de TV canal 2-4-5. Entran a la recámara de Estúpida

—¿Qué le pasa a mamá? —pregunta Unilingüe cuando se agacha a levantarla

—No sé, de pronto se cayó…

Y cuando mamá vuelve en sí les da la mala noticia

Unilingüe llora, sentada en la cama de Estúpida, moviendo la cabeza: i can't believe it, i can't believe it, i can't Papá está que se lo lleva esa señora que se lleva a todos cuando están de malas, dando vueltas como león enjaulado, Estúpida no quiere confesar quién fue el tal por cual

—¡Dinos, dinos! ¡¿Quién, quién fue el desgraciado que te hizo esto?! ¡¿Quién fue el que desgració nuestro nombre?! ¡Lo mato! ¡Lo mato! ¡Te mato si no me dices quién fue el que arruinó el honor de la familia!

—Fue Sadito, pero no le hagas nada papá vamos a casarnos…

Sadito llega al departamento de Estúpida acompañado del Rey, Unilingüe en un sillón llora como desesperada, sintiendo su alma destrozada por la pérdida de la decencia de su hermana; mamá, en una silla, está totalmente aniquilada, parece un muñeco de paja. Sadito, para causarle buena impresión a la familia, de traje azul marino está parado cerca de la puerta de entrada al hogar de Estúpida No Miss No More. El Rey con los brazos cruzados, viendo

—Son unos niños, son unos niños —dice Unilingüe entre chillidos

Papá está encerrado en un cuarto y ahora la puerta está pateando, gritando:

—¡Ábranme, ábranme que orita mato a ese desgraciado que destruyó la felicidad de esta familia decente, clase media pero decente, lo voy a matar, lo voy a matar!

Sadito con su habitual seriedad, esperando el momento para soltar su discurso preparado, que tal vez le dictó su papá

(¡Qué padre la hermana de Estúpida, se merece unas flores, qué cuatita!)

—Señora —empieza Sadito—, no sé, perdimos la cabeza, y no sabíamos que esto iba a suceder, si no no lo hubiéramos hecho, se lo prometo señora, perdimos la cabeza…

Desde la recámara en la que la familia lo recluyó por violento Papá grita:

—¡Orita lo mato, orita lo mato, manchar mi nombre!

—… Si los dos cometimos un error lo podemos reparar, pero yo no estoy en condiciones de casarme, no puedo darle a Estúpida un hogar, soy estudiante y nuestras vidas se arruinarían. Yo estoy dispuesto a colaborar

—¡Dios mío, Dios mío! ¿Qué te hicimos, qué? —la voz de Unilingüe envuelta en sollozos

—Pecadores hemos de ser —dice Mamá

—¡Quiero ver a ese hijo de la chingada! —grita Papá

—Lo único que les pido es que no hablen a casa, pues mamá está enferma del corazón y esto la afectaría terriblemente, les prometo que me caso con Estúpida, nos queremos mucho

—Eso espero —dice Mamá toda desconsolada

Estúpida aburrida de todo esto dice:

—Mañana tengo prueba de higiene mental y voy a estudiar…

TERCERA PARTE

Las cosas salieron bien, Sadito está salvado, entre Unilingüe y Mamá quedaron de convencer a Papá de que no lo matara, pues si no Estúpida se quedaría viuda. Sadito le dio su palabra de honor a la familia de que se casaría con Estúpida. Sadito enciende el motor, el coche arranca

—Qué cotorreada, creen los pendejos que me voy a casar con su pinche araña, ya parece que mi papá va a aceptar que me case con una araña, y si quieren lana, pura madre. Que se vayan a la chingada, yo no me la cogí a güevo. Si supieran que su hija es una golfa, que ha cogido con todos los cuates. ¿Compramos una botella para celebrar? Vamos por los cuates...

—Hecho —dice el Rey

Llega a su casa, prende la televisión: Napoleón Solo. Si él fuera Napoleón Solo, tendría muchas nenas, todas controladas, hola chiquita, te adoro Rey, te adoro, te adoro, eres divino, nena no te me acerques tanto que me ensucias los zapatos, si tuviera una gorda, una, en vez de andar en la onda, ella vendría todas las mañanas a despertarlo

—Hola Rey

Lo besaría, le llevaría el desayuno a la cama. Escucharían discos. Harían el amor, se bañarían. Tranquilos paseando en su coche. Los sábados irían a fiestas. Si todos los cuates tuvieran una nena, no andarían en la onda, armando desmadres, enca-bronados de vivir, una nena que los comprendiera... Sube la escalera, entra a su cuarto, se echa sobre la cama y se queda dormido

Al otro día Howl lo despierta

—¡Vámonos a Acapulco con el Barón e Ismael!

—No tengo lana, estoy crudísimo, ayer anduve de onda

—Pues te la curas en el camino, va a ser buena onda

—Hecho

Estoy en mi cueva y llega Howl:

—Nos volteamos cerca de Acapulco, el Rey se murió…

What a day in a life, what a day, man!

En el entierro del Rey las nenas están llorando y de seguro los adultos están pensando: así tenía que acabar era un muchacho alocado

y yo estoy mirando cómo los albañiles empiezan a colocar las losas, cómo echan la mezcla, cómo echan la tierra, cómo algunos muerteros colocan las coronas

¿Para qué coronas? Deberían los adultos echar las botellas de alcohol. Los Ocio —o sea la familia de Barón—, las llaves y la factura del Mercedes Benz que el Seguro Nahuatlaca les dio a cambio del coche chocado

Y yo del cortejo me voy alejando y empiezo a cantar Pa'qué me sirve la vida, pa'qué me sirve la vida, yo la cambio por tequila, yo la cambio por tequila. Alguien atrás de mí murmura; qué falta de respeto, en vez de venir de traje negro, todo greñudo y con camisa de colores. Uno de ésos lo mató, rebelditos, vagos, perdidos. El rey era igual que ése. Levanto el brazo, y lo dejo caer. Escucho tras de mí un trueno. Volteo y veo cómo van cayendo cenizas al suelo. Sigo mi camino cantando Pa'qué me sirve la vida, pa'qué me sirve la vida, yo la cambio por tequila…

En realidad yo debo de ser un reaccionario pues no pude escribir un cuento revolucionario. Otros diez mil pesos que se me van, pero ni hablar, ya será otro día, sí, escribiré un cuento en el cual yo seré Pancho Villa haciendo la revolución. Alright!

Cálzome mis botas Peter Pan y me transportan al cuarto de Ed Pirez, quien tocando Happy Together en la guitarra está. Entro en su cerebro. Ed está imaginando que Lady of Spain llega a visitarlo
—Hola Ed
—Hola fresa, pasa
—No tenía nada que hacer y vine a verte
—Siéntate
—Gracias
—Pero aquí junto a mí
—Bueno. Cantas padre
—¿No quieres una fumada? Ah, tú no eres de la onda
—¿Cuál onda?
—Del club Lady Jane, muy mal. ¿No quieres?
—Me mareo
—No seas fresa, vas a ver qué ondón
Lady of Spain fuma
—Me siento rara…
—Es la onda…
—Qué chistoso…
—¿Qué?
—Nada, pero es muy chistoso, qué chistoso…
Besa a Ed
—Cool, cool, la onda es calmada…
—¡Eres padre Ed, eres padre!
So, how is the weather?
Te dije nene que no te dejaras guiar por la adversidad ya estás volviendo otra vez a aquel lugar no está el hombre de la gabardina nadie te viene siguiendo deja tu coche y saca dinero Tú no tienes la culpa de ser del sur de la ciudad hola nena ¿cómo estás? ayer te mandé tu paquete para que no te sientas mal vete a Puerto Vallarta la onda está allá si ves a Bob Dylan no le digas que aquí me viste stoned No nena te dije que no te di águila y pediste sol okey okey te tengo una nueva onda además de

las otras dos Vamos aprisa alguien nos viene siguiendo Nene te lo dije estás desapareciendo nada te sirve de consuelo ni el siquiatra ni la piel del camello Ahora sí nene vas por buen camino no te vayas por niño perdido por ahí hay mucho ratero pueden quitarle al coche las chapas de acero Pero regresas y te dejas caer tus amigos están contigo no hay nadie puedes salir regresa aprisa ataca pégale a volar alguien te dijo que por nada podrías obtener tu salvación nene Dios te está viendo... La policía te anda siguiendo

Estaba durmiendo y me desperté en un barrio negro Unos payasos se están riendo Las luz de la luna cae en los jacales Alguien me dice que estoy recargado en el árbol de la noche triste órale carnal vente pa'l basurero En la lluvia me estoy perdiendo y se me acerca un policía y uno de los ñeros me dice No tengas miedo chompis estás con los rateros Uno patea un perro Otro se está cayendo El caifán dice que quién me mandó que tiene sospechas de que yo sea madrina le doy mi clave me estoy sintiendo mal Me Pasan la botella de ron con coca cola me dicen sabe mejor Échate esta pasta me dice Caifán Y el Teporochas al Gato le está diciendo me cae que lo mato me cae que lo mato La vista se me está nublando Alguien me trata de dar un beso respete al joven dice la autoridad Pastas y alcohol un poco de la verde para no sentirse mal Todos los rateros se están cayendo desapareciendo Quiobo quiobo cuate donde está el dinero me dice el azul Los rateros sacan los pañuelos y empiezan a pelear, sus brazos están débiles sus ojos desorbitados se acerca La Milanesa

es una vieja a todo dar va a trabajar les pide un poco de alivio para aguantar la desvelada así nunca me fijo en nada le dice al Caifán que calma al Ciego y al Cuervo que siempre les da por matar Afuera de las barracas unos niños desnudos están jugando a las pedradas Aquí nadie es chiva órale órale ñis los que no apañen la onda que se piren yo me estoy muriendo uno a uno se van cayendo no pueden respirar tratan de quitarse los harapos la luna está fija como un pedazo de papel entre las estrellas en movimiento entre la oscuridad que me va siguiendo siento que me muero pásame un toque carnal no seas culero ¡Oh, Dios, me muero!

Estoy acostado en el suelo, me siento algo ligero, oyendo hablar a Aspirante a cara No. 1 del Cine Nacional No. 55555, a Mustang Nalga y Dinero, a Howl, estoy soñando… ¡Qué ondón! Mick Jagger cantando I see a red door and i want it paint it black las nenas bailan, cabellos lacios, ojos onda Vivián, las nenas bailando, Howl va al bar Cet's la Vie, Baby come on, when a man loves a woman, like I dig you come on, perfect, let's go to my hotel, come on, kiss me, baby, baby, where are you?, BABY BAAAABY! Come on, don't be cruel, baby, where are you?, i say please, idiot! I say please, idiot Yes from Mexico… Howl está bebiendo cerveza, si pudiera hablar inglés, tantas gringas bonitas, cuerpos más sensuales en el verano…

> no colors anymore
> i want them to turn black...

Howl babe un trago de Bacardí

—Pinches mexicanas valen madre, son unas pendejas, aquí pura nalga frustrada, se te lanzan y te salen con que yo no, la onda está allá en Frisco, allá lo más tranquilo es tener una nena, no que aquí pura india acomplejada, sólo las arañas te dan las nalgas y siempre salen con estupideces, ay abusaste de mí… Las gordas bonitas ni te pelan, aquí el ochenta por ciento de las arañas se creen decentes, aquí pura vieja interesada… ¡Qué se vayan a la chingada las arañas!

¡NENA TE NECESITO VEN A MÍ! ¡NENA VEN! ¡NEEEEENA!

Aspirante a Cara No. 1

—Digo lo máximo es la cama, la onda, ayer estuve en una orgía, ligué con una gorda divina y destrampadísima… Me acabo de ligar una niña fresa, no hay nada como una fresa…

Epicuro pásame un toque, estoy tan contento que quiero ponerme hasta el gorro… Heraldo Castillón que es medio putón me dijo que sirvo para Fuckstar de chavas de lana

i see the girls walk by
dressed in their summer clothes…

y yo Claudia me emborrachaba por ti, yo había sido parte de tus trucos, por eso te arrepentías de hacer el amor conmigo, tú querías cambiar cambiar, no te satisfacías. Yo tuve que aprender a sentirme solo y ahora tú estás muy contenta con papá y mamá, ahora ya no piensas que hacer el amor es sucio, tu porvenir está asegurado, pero por favor a uno de tus hijos ponle Epicuro, para que te acuerdes de mí, debo de admitir que fuiste honesta al final, me dijiste que amabas al otro, pero ¿lo amas en la oscuridad como me amaste a mí? Yo por mí sigo en onda, después de todo no me morí… y te amé, Claudia, sabes que te amé

i have to turn my head
until my darkness goes…

Mustang Nalga y Dinero:
—Me hubiera casado con Susana, era la amante perfecta, hacíamos el amor sin prejuicios, pero era después de todo una fresa, pinches mexicanas valen madre, cuando quieres acostarte, ay yo no, puerco ¿por quién me has tomado? Tan chingón que es hacer el amor… ¡Salud, que viva la onda!

i see a line of cars
and they're all painted black…

Castillos en el Aire se pone en onda:
—Estoy mal, me estoy muriendo, me estoy muriendo, no, nada me pasa, nada, estoy perfectamente, entero, no es cierto,

no es cierto, me está llevando la chingada, estoy mal, siento que me voy a morir, Dios mío ayúdame… Ya, ya, ya estoy muerto, no siento el cuerpo, ya estoy muerto… Papá, mamá perdónenme, yo que quería ganar mucho dinero, vivir como Playboy, muerto… Ya que estaba juntando dinero para casarme con La Bella Durmiente, ahora que estaba acabando mi carrera me estoy muriendo… no, no me pasa nada, estoy perfectamente, esto va a pasar, esto se me va a pasar… sí, sí a gozá, a gozá paparibabababammicumbandice, qué e lo que tú quiere mulatica, suena lo cuero negra, suena lo cuero…

Los cuates estamos botados de la risa del pasón que Castillos en el Aire se dio…

i see people turn their heads
and quickly look away
like a new born baby
it just happens everyday…

Nena quiero que regreses, que no haya nada entre los dos más que amor, quiero sentir el amor, quiero que vibremos juntos, tú y yo somos iguales nena, tú y yo nos debemos de amar, debemos de estar juntos otra vez, si no respondes nena, nadie te va a seguir, nadie te va a seguir, piensa que estoy tratando de estar cerca de ti… Dame tu amor, sé mi nena, te necesito, ámame nena, estoy sonriendo nena, quiero amarte nena, quiero amarte…

Y en la mañana aparezco en un camión al lado de Torombolo.

—¿Qué haces pastel? —me pregunta

—Nada, no sé, estaba en otro lado y no sé, ahora estoy aquí. ¿Dónde vas?

—A la chamba flaco, a la chamba. En la próxima me bajo, flaco. Oye ¿traes?

—Algo, flaco

—Perfecto…

Se baja y yo nada más de onda entro en su cuerpo. Torombolo llega a la oficina y lo llama su jefe

—Señor Torombolo llegó usted cinco minutos tarde y sabe usted que aquí en esta oficina está penadísimo que los empleados… ¿No me está oyendo?

—¿Qué?

—Además no me escucha…

—Sí, sí, claro, qué onda…

—¿Qué?

—Sí está bien, perfecto…

—¿Viene usted crudo, verdad?

—¿Estoy raro?

—No me está haciendo caso…

—Llegué tarde y ya… qué onda…

—Es usted un irresponsable

—¿Qué? Ah, sí, sí, claro…

Y yo creyendo que Dalila era sincera le abro mi corazón y le pido que pasemos las noches juntos, que deje que su esposo siga su camino, pero ella no quería un hogar de dos, sino de tres, así de que decepcionado me lleno de furia y le apedreo la casa y ella llama a la tira, y la tira me lleva a la delegación, y cuando ella está declarando que llevo días y días de apedrearle la casa yo le estoy diciendo al agente del ministerio público que soy de ideas comunistas y que ingerí whisky white horse, me encierran en una celda, y saco mi lápiz negro y en la pared escribo ¡Pinche Dalila me entregaste a los filisteos! Y al otro día me entero que estoy, por mi facha de rebelde rocanrolero, insano, y que además el doctor supuso que estaba yo drogado, lo cual no afecta en lo más mínimo mi honor. Pero me recluyen en una clínica siquiátrica donde, gracias pinche Dalila, pierdo la melena más no el humor, y como sospechan que todo greñudo está insano me encierran en una celda. Pero a mí esto me vale madres. No tengo a Dalila, no tengo a Sofía, no tengo a Claudia, no tengo a Susana, no tengo a Tania, no tengo a Daisy, entonces empiezo a cantarle a mi eterno amor Maryjane

Te estoy llamando nena, te estoy llamando, necesito tu suavidad tu dulzura nena tu compasión nena tu ritmo nena ¿Dónde estás nena? He dejado todos los recuerdos atrás Adelante no hay porvenir ¿Dónde estás nena? Quiero estar solo contigo quiero entregarte mi alma y mis secretos ¿Dónde estás nena? Quiero sentir tu suavidad quiero ir contigo entre las estrellas navegando sobre las luces parpadeantes de esta ciudad ¿Dónde estás mi amor?

Y al poco tiempo del locosomio salgo, un semirolling stone derrotado. Voy por la calle Platón y entonces me entra la inspiración

¿Tú darme la palabra? Tu rostro arde entre llamas, el puñal lo dejaste clavado en la hoja en blanco, querías que alguien te levantara, pero yo estoy entre las flores viendo como sigues cayendo, toloachera de mierda. Ay sí, mi primer amor me decepcionó; tú me odiabas y te reías cuando me veías en la banqueta llorando, yo te decían entonces estoy solo, tú me contestabas Qué se le hace es la condición natural de los seres humanos, y tú tenías palabras para que me compadeciera de tu tristeza, pero qué sola estaba tu voz, tus ojos ya no podían verme, pero ahora, muy británicamente, te digo that you are only son-of-the-bitch, abre las piernas, usa tu vagina de alcancía y tendrás éxito, serás entonces una mujer célebre ¿Quién llorará por ti? Sí, chiquita, muy bien, te ves muy bien con neglige rojo. ¿Cuánto? Te pago ciento cincuenta pesos. Y tú me dices Fíjate que en este pérfido oficio soy nueva y me da pena lo hago porque esta vida me deparó el destino

pero por tu vagina cabe todo un regimiento, ¿a quién querías engañar? Doña Puñales inmaculadamente de rojo estás sentada sobre una pianola y yo te estoy cantando en la sala del burdel atestado de pirujas y caifanes ay nena qué diera porque cambiaras pero ya tu cabeza está fuera y yo qué más quisiera que de esta vida salieras pero por desear anillos de diamante paraste de burdelera. Pero yo te digo que no disipes tu blues ¿Puedes darle a alguien tu blues? ¿A quién le das tu blues?

Y yo chiquita te digo que pasado el crucero sigo en el camino listo para ir a cualquier sitio listo para desaparecer listo para viajar solo pues tú nena estás muy fuera de onda

She's comin! She is comin! she is comin!

Estás solo, pero dentro de ti hay un universo, ve las llamas transformándose en bailarina, dos odaliscas bailando una danza árabe

estás lleno de amor
el rocío sobre las hojas se transforma en diamantes
los cerros son castillos
tú eres parte de esto
ve las flores creciendo los colores cambiando
el espacio lleno de flores
estás solo pero tu soledad no te espanta porque estás
lleno de amor lleno de amor
el espacio violeta

todo es calma todo es armonía aparece una flor Ella está ahí AMOROSA DALIA MARINA Ella es tu alma es tu alma Ella te conoce bien Ella no miente no miente Ella es tu alma Es Tu alma

Todo es Todo es, tú existes, tú eres parte de la vida, todo es vida, todo está en eterno movimiento, todo es amor, tú estás lleno de amor

y ves cómo todo está cambiando cómo el espacio está lleno de colores

y de la noche sale una figura nívea angelina cubierta de velos pasa entre las ramas de hojas opalescentes estelas amatistas la siguen se transforma en una flor Es Amorosa Dalia Marina Ella brilla en la noche irradia su luz a los solitarios habitantes de castillos derrumbados Ella es la reina de la luz Ella viene del cielo

El mundo antes era negro las flores no brillaban los pétalos caídos conformaban arañas las rosas crecían en los sótanos y la gente escondía las piedras preciosas en baúles

pero ahora el universo está lleno de luces y nosotros nos estamos conociendo nos estamos conociendo ¡CHAVO ESTÁS LLENO DE AMOR! Ella con su mirada marina te está dando la palabra Amorosa Dalia Marina Las flores están llenando el mundo y tú nena tienes dibujadas flores en la piel ¡Estás en el infinito nene!

Y de vuelta en el camino los perros siguen aullando a la luna y cuando el león en el desierto está hambriento los buitres los tordos y los cuervos conjuran tal vez el león no llegue hasta el lugar del búfalo donde tres jefes de la secta de los jobatís dirigen la danza para que el dios de la lluvia les mande agua sagrada y ella la de los ojos azules llora ya limpios el azul es gris y uno de los tres jefes búfalo el menor dice tú no tienes nada porque nada es tuyo porque esto es de nosotros porque nosotros somos todos nosotros tenemos la luz y cuando estoy a las cinco con él bebiendo el té su mujer la reina de la noche está esculcando mi saco y me roba las fotos de Sofía y Angelina y Claudia y exactamente a las ocho me dice me gustan los hombres enamorados como tú pero yo tengo que salir y platicar con el Cuervo el otro jefe de la tribu tenanche y cuando le ofrezco la reconciliación cautamente me dice por soberbio te vas a ir al infierno ¡fuera de aquí! ¡Oh no!

Pero después de todo nena tú sigues fuera de onda, aún estás muy lejos de mí, es por eso que siempre estoy buscando estar fuera del mundo, pero cuando siento la boca seca y me empiezo a debilitar, te grito ¡Nena, ven a mí! ¡No quiero estar solo! ¡No me dejes caer! ¡No, no me dejes caer! ¡Nena, vamos a amarnos bien! ¡Ya no quiero salirme del mundo! ¡No quiero estar solo!

El cielo es azul, la luna blanca, el pasto verde, y entre la oscuridad brilla una flor Amorosa Dalia Marina, cuando tú estás solo

cuando estás solo, cuando estás solo vas a la casa de Sadito donde están los amigos y cuando llega Beach Boy te dice tranquilo maese que ando eles y ves que Otistlán II por el jardín está gritando ¡qué elevación, qué elevación! Howl en un rincón ¡no hablen no hablen que me di un pasón! Lucy in the sky with diamonds Y tú estás viendo flores de cristales multicolores en el aire cuando el Flaco Nervioso está en un sillón atacado de la risa y tu cara nena tiene flores dibujadas cuando yo me estoy yendo yendo yendo pensando en el día en que tú nena también te enciendas ¡Enciéndete nena! Suddenly someone is there, The girl with the kaleidoscope eyes, y yo nena me estoy yendo yendo yendo, estoy fuera de mí… Fuera de mí… Fuera de mí sintiéndome solo pero después de todo yo estoy en la onda de vez en cuando cotorreando con Dulcinea María visitándola tratando de que ella durante un rato pueda hacer que mi soledad se me olvide y yo pueda salir a las calles y pueda ver los árboles y pueda escuchar el canto de los pájaros y el zumbido de las abejas y pueda ver las ramas llenas de hojas verdes y pueda ir tranquilo sobre el pasto verde… Ir en el carro de Sadito a la medianoche oyendo en la radio una canción de Bob Dylan…: they'll stone you at the breakfast table, they'll stone you when you are on your table, they'll stone you when you try to make a buck, they'll stone you and then you say good luck, yes but I would not feel so all alone, everybody must get stoned! They'll stone you and you say that is the end, they'll stone you and then you come back again, they'll stone you when you are ridin' in you car, they'll stone you when you are playin your guitar, yes, but I would not feel so all alone, everybody must get stoned! Todos los cuates —Aspirante a Cara No. 1 del Cine Nacional, Howl, Sadito, El Amo, Otistlán II, La Nube— palmoteando

El coche por la Avenida Insurgentes pasando frente a un club nocturno donde la gente fresa en ese momento se divierte bebiendo y cachondeando discretamente los novios furiosamente los amantes una noche de sábado… Las nenas fresas en sus casas viendo televisión o durmiendo las nenas con novio bailando en fiestas fresas mis exnenas cumpliendo sus compromisos sociales yo con mis cuates oyendo en el autoestéreo canciones de la onda… Tenemos la noche por delante para escuchar piezas de los Beatles, los Rolling Stones, Jefferson Airplane, Bob Dylan: Lucy in the Sky With Diamonds, I Can't get no Satisfaction, Somebody to Love, Dandelion, Just Like Thumb Tom Blues, Mr Tambourine Man…

Anillo periférico qué onda adelante como si hubiera una función de cine para nosotros las gentes en los coches algo irreales chistosísimas la luz más intensa viendo cayendo oliendo siguiendo take me on a trip upon your magic swirlin' ship, Follow her down to a bridge by a fountain dentro de ti no hay tiempo no hay espacio la noche llena de castillos donde princesas de cristal cantan una ventana de luz en el cielo las sombras creciendo árboles creciendo extendiendo sus ramas al cielo las manzanas doradas los árboles llenos de piedras preciosas las paredes amatistas en el cielo un color opalescente brillando intensamente viene la imagen de un ángel envuelto en velos bailando al ritmo de Lucy in the Sky With Diamonds las flores abriéndose los colores brillando el violeta ardientemente azul las hortensias blancas amarillas el mar de luces verdes y anaranjadas conforman una cortina horizontal entre la oscuridad todo vibra todo el espacio lleno de luz… Las nenas fresas en fiesta nosotros oyendo nuestra canción preferida… When I'm travelin in my car And a man comes on the radio keeps tellin me more and more about some useless information that supposed to fire my imagination I can't get no No, no, no That's what I say, I can't get no satisfaction well, I've tried, and I've tried and I've tried… When I'm watching my TV and a man comes on and tells me

How white my shirts should be… But he can't be a man 'cause
he doesn't smoke the same cigarettes as me

Y claro transformo la realidad y Epic Aris y su conjunto los
Dientes Macizos están en la Alameda Central cantando But he
can't be a man 'cause he doesn't smoke the same cigarettes as
me…

Unas nenas fresas comentan: no se ven tan mal con los
cabellos largos, a mí me gusta más el delgado; unas ancianas:
ay estos jóvenes de ahora; los supermachos: pinches tibios. La
gente no nos hace caso. Nosotros muy entrados tocando, yo
cantando: When I'm ridin' around the world and i'am doing
this I'm signin that and I'm trying to make some girl Who tells
me… better come back maybe netx week 'cause you see I'm on
a losing streak… I can't get no satisfaction I can't get no satisfaction no satisfaction no satisfaction; los policías nos ven con
coraje, los señores se llevan a sus hijas, una que otra nena está
entusiasmada, todo puede pasar en este país de las mil transas,
algún día las nenas se encenderán, sí algún día se encenderán,
ahora están fuera de onda, vienen muy atrás, viven en el siglo
diecinueve, bueno la mayoría de la gente aquí está en el diecinueve nena ven vamos a pasear ay no, qué van a pensar de mí,
nena, te quiero, vamos a estar juntos, no, no, no, bueno, yo lo
único que quiero es que estemos juntos, no, no, no… Que salga
el otro dice Sadito, el Conejo lo enciende, y cada quien en su
onda vamos hacia el Desierto de los Leones…

Fuera de mí fuera de mí fuera de mí
fuera de mí
Dentro de mi propia fantasía

Índice

Prólogo 7

Primera parte 13

Segunda parte 81

Tercera parte 155

El cuidado editorial de
Pasto verde
de Parménides García Saldaña

Estuvo a cargo de Editores y Viceversa. El tiro
consta de 1,000 ejemplares. Se terminó de imprimir
en septiembre de 2015 en Fuentes Impresores,
S.A. de C.V., Centeno Número 109, Col. Granjas
Iztapalapa, 09810, México, Distrito Federal.